文
景

Horizon

社科新知 文艺新潮

胖子

独眼 —— 著

上海人民出版社

目 录

我再没有她结婚的时候那么伤心

生活不是理想，不能幻想

害羞又潜藏着欲望的一张脸

自由仍然是猎人与猎物之间的一种距离 也不过就是生不如死

1.

她说:“后天结婚，我。”笑着。

我坐在她身边，仰头瞧着房顶，说:“蜘蛛。”

“嗯?”她也顺着我看见墙角蜘蛛网上趴着的大蜘蛛，打了个冷战。

夏天潮，总会这样。

我开始哭，哭到直哆嗦。

她一边笑一边扯了手纸塞到我手里:“哭什么啊。”

我知道，其实没什么可哭的。

她该结婚了。

岁数到了。漂亮女人都该早结婚。

她攥着我的手，很轻，我几乎感觉不到她。

她说:到冬天我就特喜欢你。

“嗯?”

她看着自己的手指，晃来晃去:“你的手暖和。舒服。”

冬天，她的手指在我手背上划来划去，指尖点几下,像密码：“来吧，来握住我吧。”

她的手总是冰凉，从手心到指尖，瘦瘦的。
我把自己的胖手握上去，用圆滚的指肚抚过她每一小片皮肤。

2.

她结婚之后，胡同拆了，我们搬家了。
我瘦了，还长高了不少。

我在街上遇到她，呆立着看街对面的她走过。
她跟以前似的走路还东张西望，
朝我这边儿晃了好几眼，竟然一次都没瞧见。

我想挥挥手，却只是垂着胳膊动了动手指。
她这辈子再也认不出我了。

“胖子，干吗呢。”我同学叫我了。

我本应该也认不出她来，
脖子手腕手指，没一处不负重的。
化妆了，头发也烫卷了，披散着。

3.

我还是喜欢她梳马尾辫的样子。
我的胖手指从她头发之间一溜烟儿地滑下去。

她站在院子里洗头，歪着脑袋，
头发全垂在一边儿，发梢浸在水里，趁全湿把长发梳通，
向我微笑："胖子，你回来啦。"

我赶紧低头进屋，我妈在小厨房里炒着菜跟我嚷嚷：
"死胖子，也不跟人家打招呼。"

我从来不叫她"姐"，叫不出口。
她也只有对着她的朋友们才说"这是我弟"，指着我。

没别人在，她摸着我的寸头，或者捏我的脸，笑着叫我"胖子胖子"。
这个时候，我也笑。
大概看起来很憨厚。

4.

"胖子，我一定得从这个院儿里搬走，住了二十多年，烦死了。"
她"嘭"地躺在我身边，我坐在床边，抠哧着床框的木头。
"结婚了就好了。立马儿走人。

这儿，闷得慌。”她说。

天花板那么低，糊着报纸、挂历，柜子、箱子、纸袋子一直堆到顶。

她坐起来，靠着我的背，摸我的头，轻声说：“胖子……”

我要能一直跟她这么坐着该多好。
可我爷爷在叫，她松开手，我站起来，
用攥在手里的手纸又擦了一遍眼睛和鼻子。
她在笑。

我把纸扔进纸篓，在裤子上抹抹手。

“回头上我们家玩儿吧，比这儿大。比整个院子都大。”
她也站起来，说。

我用手背抹鼻子，觉得自己只要一撇嘴又得哭，赶紧跑了。

5.

整夜都难过，老爷子还不停叫。
“胖子……胖子……我……要死了……”他说。
他已经这么喊了三年了。

我从上铺歪着脑袋看他，
他别着头，半张着嘴，大声地喘气，口水流到枕巾上。
“……胖子……”
“……胖子……”
“……胖子……水……”

我赶紧爬下床，开灯，给他喝水，摸摸他身子底下的尿不湿潮不潮。

他喝水慢，我坐在床边的椅子上给他端着。
他咂吧着水和口水，说：“胖子，你恋爱啦。”
“喝你的水吧。”
他呵呵呵地笑，一会儿就呛得只能咳嗽了。
我拍着他的背，把枕头垫好。
“……胖子……女人啊……”

6.

花车来接她，我已经把爷爷抱上轮椅，正推到院里水管子旁边晒太阳。
她穿成白茫茫一片，被人簇拥着。

她向我挥挥手，我却低头去看滴水的龙头。
老爷子一边咳一边说：“她还真俊……咳……呵呵……咳……”

她笑得越开心我越生气。

那天我爸值班，我在家看老爷子。
只有我妈反反复复在围裙上把手擦干净伸着红扑扑的双手去吃了喜酒。

她回来说：“廖俊怎么找了这么一位啊。
个儿不高，长得不好看，还不如咱家胖子呢。”

老爷子又呵呵地笑：“你……咳咳咳……你这么说，胖子他……他更窝火了……”

7.

反正她是结婚了。
不管她跟谁结，人再好再有钱长得再帅，我心里还是没法认命。
以前我爸问我想要一什么样的后妈，
我跟他说：“找个廖俊那样的吧。”
我爸一只脚踩在椅面儿上，拿着杯白酒，舔着嘴唇，说：
“太小了吧？”

那年我七岁，她十五。

后来，我爸跟我妈见了面，
临走以前穿了隔壁张律师的西装，脖领子怎么都不合适，
我爸一边打领带，一边别扭着脖子，一边叨咕：“干脆穿警服算了。”
徐大妈是介绍人，冲进屋来嘱咐我爸：
“你见了人家得表现好点，别当人面儿抽那么多烟，

喝酒要适度，你得想着，这事儿责任很重大，
要对胖子和他爷爷有个交代。”
“交代，交代个屁。”我爸已经烦了，开始骂骂咧咧。

他不穿警服就没人样。
我觉着相亲这事儿只是走个过场，百分之百得砸。

可我后妈真的是一个百分百不开眼的女人。

8.

他们登了记，在胡同口请徐大妈吃了顿饭。
当晚我爸就喝多了。
徐大妈紧着走回来叫我去把我爸拖回来：“你妈一人儿不成。”
我嘟囔着：“谁妈。”
我把他拖进门弄上床，她傻站在门边上。
我说：“你现在反悔也来不及了。”
她还跟那儿站着。

我这个后妈原先住在十二条，有个打人的丈夫。
俩人天天打架。
她只想要个孩子，
怀孕六个月，俩人还打架，她倒在地上，丈夫摔门出去喝酒了。
见了红。

大半夜的，她一人儿撑着走到胡同口，流一路的血。
孩子没了。

9.

对于我爸来说，再也没有比女人生产更可怕的事儿了。
我妈生我的时候，他在产房外面听她干号，
感觉好像天塌了。

我妈生我花了两天，
死去只用了一瞬间，变成心脏监控器上的一道横线。
医生们正忙着包我。

我生下来就是个胖子，九斤多。
这要了我妈的命。

我爸的天塌了。

所以他总是一边喝酒一边寻思自己要再找一定得找个不能生的女人。

10.

我爸没法让我爷爷接受新儿媳，他觉得在我这儿不能服软，

教训了我很多次，审犯人那点能耐都使全活儿了，
打，抽，踢，毫无改观，“妈”这个称呼我叫不出口。
最后他也累了，坐在床上喘着粗气，嘟囔着：
“这日子总得过啊。唉……”

这么多年，我没叫过，你不能拎回家一女人就让我认妈。

他在派出所值班，我后妈做饭。
她端着饭碗，说：“叫我一声妈，我就给你饭吃。”
我不说话，鼓着嘴。
她咬着嘴唇。

我开着门，坐在门槛上。
冬天的冷风呼呼地吹进屋。

“死胖子，快进屋。”她说。
院里的人都听见她凶我。

对门廖俊正和她妈回来，看我跟那儿蹲着，说：
“胖子，怎么不进屋吃饭啊，大冬天开着屋门干吗？”
我说：“没饭吃。”
她愣了一下，说：“那来我家吃啊。”

妈从屋里出来，拽着我耳朵往里头拽。

后来，里院的婶子教训自己小孩，总是说：
“你再闹，你再闹让你爸也给你找个后妈。”

我妈听见了，坐在门口的凳子上一边剥洋葱一边哭。
“你哭什么啊。”我问。
“洋葱弄的！”她没好气地说。
“进屋去。剥它干吗。”
“甭介。”她哭出声来，还是很凶，一顿，“你还要我怎么着啊！”
她扔下一个洋葱头，
我看着它一直滚到院子当间儿水池子边儿上进了下水道的一个坑里。

11.

她一吵闹，我就跑到廖俊家吃饭。
廖俊她妈特喜欢能吃的小孩，
廖俊她弟弟廖凯长得瘦小如豆芽菜，跟我形成了鲜明的对比。
我上他家吃饭，弄得他很不爽，回回吃饭都挨骂，吃得更少，更挨骂。

“你就不能不上我家蹭饭啊。”
“你就不能不上我家蹭饭啊。”
他反复叨念这一句话。特小声地。

“你甭搭理他。”廖俊笑着跟我说，“胖子，上我屋来。”
她一人儿有很小一屋。

仅能放下一张大床，有一矮柜搁床上，一块木板钉在窗台上勉强当桌子使。
我一进去，屋子显着挤得不成了。
我坐在床边上，廖俊坐里边儿，打牌。
她最喜欢玩“骗人”。
我总被她识破，却永远不知道她什么时候在骗我，
最后总是满手握不住的一大把牌。

她会忽然不笑不说话，只看着我。
那时候我胸口像有只野狗在叫。
她突然伸手捏我的脸，大笑着说：“哎呀胖子，你怎么这么胖啊。”

12.

光为了跟廖俊家蹭饭，我也不能跟我后妈妥协，
即使我知道她心里不好受。

到我家第二天，我爸还没起她就开始收拾屋子，
从床底下拽出我爷爷放蛐蛐罐儿的编织袋，
她打开看了一眼，喷了一脸灰，当即拖到胡同里扔了。
我爷爷早上溜达回来就跟她急了，把我爸也吵醒。
我爸最讨厌别人把他吵起来，于是仨人都窜了，大呼小叫一早上。

老爷子半身不遂之前都不跟我妈说一句话。

13.

我跟我后妈打过一架，几句话说不对付的事儿。
她使劲推我一把，
其实，以她的力气推不倒我，
只是我自己一笑，没站稳，愣是磕在炉子角上，鲜血哗哗流。

她吓坏了，不知道是应该先去找我爸还是先送我去医院。
我赶紧说，你给我头包上，先去医院缝。
医生问我名字，她答了，
问我生日，她含糊了。
医生瞥了她一眼，说："你是不是他妈啊你？"
我非常快地说："是。这不废话吗。"

她扭头看我，眼睛里亮晃晃的东西转动，让我不敢看她。

我能对所有别人说："这是我妈。"对她却叫不出口。

自此后，我头上多了道疤。
我爸说："有疤瘌好啊，像个男人。"拍拍我的肚子。

我再没有她结婚的时候那么伤心

生活不是理想，不能幻想

害羞又潜藏着欲望的一张脸

自由仍然是猎人与猎物之间的一种距离

也不过就是生不如死

钱，我的梦里全是钱

我的梦里只有你，你的梦里全是别人

你不能捂暖我的手脚啊

长时间在床上，抵抗

14.

小六儿是在我脑袋上还贴着纱布的时候搬来的。
他和他妈被人用警车送来，
俩人只有一个旧皮箱。

他们住在我们院儿一间空屋里。
那间房，朝北，终年无光，
夏天漏雨漏得一塌糊涂，屋里有整面墙都被雨水冲成土黄色。
一股霉味。

15.

小六儿他爸本来是个普通工人，好打麻将，瞒着老婆欠了不少钱。
几个月以前，他请牌友吃饭，
我爸说："初步分析他请人吃饭是为了借钱。"
俩人吃着喝着，那人就趴在桌子上了。
小六儿他爸付了账，还跟饭馆的人嘱咐说让那人先睡一会儿，抬脚儿走了。
小饭馆打烊要把人叫起来，翻腾过来，发现他竟然死了。

他爸当晚没回家，没人知道他去哪儿了。

我爸边倒酒边说："很可能他夜里回家来着，但他老婆死也不说。"

债主、那死人的老婆天天到六儿他家闹，尤其是那寡妇。
"她坐在他们院门口，哭啊喊啊硬是不走。
不让孩子上学，不让大人出门，只要人一出来就拽着不放。"

"这是干吗啊？"
我妈切了猪耳朵丝儿放在小碟儿里，搁在我爸面前，
夹儿根给我，"胖子，给你爷爷挑两根边儿上没软骨的。"

我爸说："要钱呗，仗着死了男人，诈钱。"

如果当时去法院申诉，大概事情还好解决。
六儿他妈又借了十万块钱，给了那女人。
她看来钱这么容易反而闹腾得更欢了，
还是小六儿原来院儿里的邻居报了警。

16.

小六儿他妈长得特别白，看着很年轻，
不像我妈显得皮糙肉厚，一笑起来一脸褶子，非常劳动人民。

小六儿也长得特别白，眼睛大，瞳仁瞳孔黑作一团。
我妈第一次盯着小六儿看吓了一跳，拍着胸口扇呼半天。
我爷爷说："我就说她嘛，咋呼又神经。"

像口井，我妈说，他的眼睛。

17.

小六儿他爸早先把房契押给了别人。
他们母子只好搬出来，或许不是搬，是给轰出来。

据说他妈带着小六儿在东四十条桥底下过了夜。
大清早儿被我爸一管片儿的同事碰巧看见，带到派出所。

我爸小声跟我妈说：
"看她那样儿，我们觉着她是不打算活了。"

他想起我们院儿里还有空屋，凑合一下暂时还能住。
总比跟街上强。

可他们什么都没有，连衣服都没几件。
屋里的床啊，炉子啊，都是我爸发动邻居东拼西凑到一块儿的。
原来的家，被人换了锁，我爸去过两次，一直没人在。

18.

小六儿他妈夜里总不在。
到了冬天，
我妈担心他一人儿在屋里煤气中毒或者炉子灭了冻坏了，
把他叫来跟我一块儿睡。

上下铺的铁床，我在上铺，我爷爷在下边儿。
即使我这么胖，小床也还有富裕。
我靠外睡，方便下床跟我爷爷折腾。
小六儿缩在墙角里。
日后，
他有了两米三见方的大床，一米七七的身高，真睡着了，还是缩在角儿上。

他总是做同一个梦，
梦见自己在睡觉，越睡越难受，憋得要命，
睁眼，看见他妈掐着他脖子。
在东四十条桥底下。

"特黑。"他说。
"然后呢？"我问。
"我就吓醒了，一身汗。"

他想梦见他爸，可是一次都没成。

每到临睡，他都念念有词，

像所有没爹的孩子那样，他巴望着他爸能回来，

设想了无数种可能：

变成大款回家，一切问题都解决了；

就算真是杀人犯，他也愿意跟他爸跑；

或者，什么都不是，只是普通人，

甚至，真的进了监狱，

小六儿连给他爸送什么饭这种事情都想得很仔细。

可总也没回来。

我听着他的故事入睡，

梦见各式各样的他爸对各式各样的他妈都特别好，对他也特好。

小六儿跑过来跟我说：

“胖子，你看，现在要多少弹球都有。”

有时候醒来，很恍惚，

似乎只是看到了曾经发生过的景象，

或许即将发生。

19.

我一直以为，

小六儿的那个梦，到底只是梦。
我小时候，我爸常说你是我路边捡来的。
我听了立马儿觉得特委屈，
晚上梦见我爸把我给扔到路边儿，怎么也找不着家。
很多大人垂着手，我去拉，
可抬头看，他们一个个都不是我爸。

我们搬了楼房以后，我爸请他们同事哥们儿几个一起吃饭。
每人都说了几件他们当差这么些年遇到的稀罕事儿。

当天路过立交桥下的那位说：
“我走过去，她……”
他把拿在手里的烟叼在嘴上，歪着头，伸直了胳膊，
“就这样，一边儿哭一边儿掐着小孩的脖子，
我站在她身后，她猛一回头看着我，怕是我只要再走一步她连我也掐死。”
他眯着眼睛吸烟，吐气，说：
“我当时吓一跳，结果她忽然哭了。
声儿还特大。跪地下。”

他讲完了。
听的人全不说话，好长时间，
直到有人挥挥手说：“这个没劲。我来一个……”

我坐在旁边跟他们一起喝酒。
叔叔拍着我的背说：“你们别说，胖子变瘦了还真是‘帅哥’啊。”
……

那天我喝多了，头一回是我爸扶我上床。

我又做梦了。
梦见小六儿搬来的第二天，他问我玩不玩弹球。

他爱玩弹球，可他只有一个，里头有红色色带的那种，他叫它“波斯眼儿”。
后来他用“波斯眼儿”赢了前后三条胡同小孩们数百个弹球。

当时我兜里有仨。

我们在院里枣树底下挖了五个小坑玩起来了，
直到我输得只剩一个，
我抹抹脑门儿上从纱布底下渗出的汗，
抬头看小六儿，说：“你脖子上蹭的什么啊？”
他脖子上有俩红点，红得发紫；我再看看他后脖颈，又有几个红点。
他说：“跟哪儿呢？”
我指指他的喉咙，他用手背擦，皮肤都擦红了。
“还在么？”

“在。”我说。

20.

廖俊她妈非常讨厌小六儿他妈。

搬来没多久，她俩就吵了一架。
廖俊她妈骂小六儿他妈是“破鞋”。

我问我妈什么是“破鞋”，
她想拍我脑袋，但是纱布还没摘掉，
手抬起来又放下，拍在我屁股上，
她恶狠狠地说：“小屁孩儿，少打听。”

吵架的原因很简单。
廖俊他爸在他家房檐底下养了一缸金鱼，一缸鱼虫。
经常早上开着残疾人助力车奔早市上去卖。
那天他正在伺候鱼，
小六儿他妈从外面回来，进屋、端盆儿、打水、洗脸，
他一直扭头看着；
正好廖俊妈抱着被子出来晒，拿起塑料掸子就抽。
廖俊他爸给抽得嗷嗷乱叫跳着跑回屋了。
他老婆叉着腰站在院里骂。

小六儿他妈端着盆往屋里走，被她一下抽到手背，
盆掉地下。

廖俊她妈先前还跟我妈打过一架，
在公共浴池。
俩人光着身子拿浴池里扫水用的小笤帚互相抽，抽得俩人身上都是红道。
我从男浴池出来，站在女部门口，等我妈，

只看她俩一直打，光着身子跑出了帘子。
女宾部门口收票的直叫。
所有路过的大老爷们儿都跟门口站那儿看着乐。
廖俊湿着头发领着袋子从人堆儿里挤出来，
拽着我说：“咱们走，不跟这儿起哄。”

我妈回家挨了我爸一顿痛骂。
老爷子在一边偷笑。

不成想，我妈开始哭，哭着哭着，竟然楚楚可怜起来。
我爸又劝又逗，弄了俩多小时，
我妈这才止住眼泪，做饭去了。

我妈说，廖俊他妈人不坏，
只是嘴欠脾气大，什么不好听说什么。

她跟小六儿他妈打架那天说了好多特恶毒特狠的话。
小六儿买菜回来，自然要帮着他妈，
拼命把廖俊他妈推在煤堆上，弄得她蹭了一身煤灰。
还是小六儿他妈把她拽起来，给她掸，却又被她抽了一通。
两人自此不说话。
过春节，小六儿他妈做蛋饺，用鸡蛋做皮儿，里面放了肉馅，
院里每家送一碗，只有给廖俊家那碗没送进屋，放在门边窗台上，
可还是给廖俊她妈扔了一地，碗也碎了。

21.

我问小六儿：什么叫“破鞋”啊？
他说就是不好的女人。
“怎么个不好法？”
他蹲在地下半天，说：“反正……反正我妈不是那样儿。”

至于他妈是干什么的，我爸我妈都知道。
可我问他们，他们都不说。
小六儿他妈吃了晚饭以后才出门，
早上八九点钟或者更晚点才回来。
大部分钱攒起来还债，略有富余给小六儿买点吃的。
一年多了，他家屋里还是只有一张床，一个炉子。连把椅子都没有。

22.

那年冬天下雪以后，我跟着小六儿去了他家以前的屋子，
他在路上捡了根角钢拿在手里。
他家在最后一进很小的院儿里，
刚过年，对门一家人大概是去拜年串门了，人不在，自行车也没有。
小六儿指着院子里的一块花池子，笑着说，
“原来这儿后面种好多西红柿，前面种花儿。
我妈特喜欢花，我爸会种。”
我们用角钢撬了门锁，所有的东西上都蒙着一层土，却一点儿不乱。

只是屋里的几盆君子兰已经死了。

我本来以为，他爸赌到倾家荡产，家里大概什么都没有，
应该和他们住在我们院的感觉差不多。
可竟然不是这样，什么都有，电视，洗衣机，冰箱，录音机。

小六儿说："我和我妈都是我爸跑了以后才知道他赌钱。"

23.

他家的窗帘都是用白细线手钩的，钩出一朵朵玫瑰花，衬上细纱。
小六儿特得意："我妈做的，漂亮吧？"
他家茶几上的托盘里放着三个瓷杯子，
一眼就能分出他爸用的，他妈用的和小六儿用的，
拿绑东西的塑料绳钩了杯套，每人的花儿都不一样。
我妈手没有那么巧，做不出来，打毛衣都只能织最普通的平针，
廖俊她妈虽然手巧一些，可总是喜欢一些大红大绿特艳丽的东西，
经常买一些被我爸说成"锃绿锃绿"的塑料花挂一门框。

小六儿家流露着非常温柔的女性气息。

我四处看着，心想，如果我亲妈活着，家里大概也会是这样吧。
真的是有点羡慕。

他家里挂着前一年过生日时照的全家福，
他爸长得挺黑挺结实，笑得很傻很憨厚。
跟我原来想的那种赌徒尖嘴猴腮招猫逗狗的形象有很大出入。
他妈要比我见着的更漂亮，大概是因为那个时候快乐。
我长大了才明白，
他爸应该是那种怕自己的老婆担心而什么都不说的男人。
事儿再大也想自己一个人扛着。

小六儿踩在椅子上把照片拿下来。
找了一根长绳拴在相框后面斜挎在身上。

他翻柜子找出一条红围巾，塞在棉袄里，准备带回家。

他家厨房的窗台上，还放着他妈做的糖蒜和西红柿酱。
别的我们都拿不了，只能拿这个了。

我们出来把门关好。锁给撬坏了，找了一块砖头堵在门口。
我跟小六儿说："要是一直没人住，以后可以经常过来瞧瞧。"
小六儿笑着"嗯"。

我们本来可以顺利回家。
一人抱着俩罐子嘎吱嘎吱地走在雪地上，
笑着。

24.

我往家跑，身上都是西红柿酱，
哩哩啦啦地掉到雪上，流了一路。

又开始下雪了。

我上气不接下气，还在雪地上摔了一跤。

廖俊正慢腾腾地在院门口撒炉灰，
看见我吓了一跳，以为我身上全是血。
我流了鼻血，头上的伤也因为撞到墙上开绽了。
"你怎么了这是？"她着了急。
我说：我没事儿，小六儿被人打了。

我拉着廖俊跑回去，小孩儿们看见廖俊就都跑了，
大女生最要命，她们会喊要叫，还可能出手乱打人。
小六儿被他那根长绳绑在树上，我赶紧把他解开。
照片被从相框里抽出来撕烂了。
西红柿酱也打了他一身。

"你们干吗啊？跟人打什么架啊？"廖俊皱着眉。

回家路上，我们被一群小孩伏击了。
他们在雪球里塞了煤球和碎砖块打我们，这还不够，

其中一个还扑上来打小六儿。
小六儿让我赶紧跑，我还是忍不住要帮忙，不然也太不仗义了。

好长时间以后，我才知道，
那个打小六儿的孩子，死在小饭馆里的，是他爸。

一片混战，他们五个，我们俩。

我只记得小六儿说，没你什么事儿，快回家。
我只一心想着，我得叫人来，谁都成。

廖俊看那帮小孩跑远了，白了小六儿一眼，拽着我就走。

我回头看着小六儿在雪地里捡照片的碎片。

后来，他跑到粮店去要了人家粘粮票的糨糊，
把照片一点点拼起来粘在一张挂历背面，
可是直到最后，他爸爸的右眼都缺一块，怎么也找不到。
小六儿到那片雪地里挖了又挖，手指通红，
最后指甲缝里都流出血来，还是没找到。

25.

廖俊拽着我到她屋里给我擦头上的伤口，

她小心地给我涂上红药水，我给她讲去小六儿家的见闻，
正兴高采烈开始手舞足蹈比划起来，
廖俊突然很严肃地对我说："你以后少跟小六儿玩。"
"怎么了？"
"他不是好孩子。"她说。
"他不坏，打我们的才是坏蛋。"
"你要是跟他一块儿玩，以后老得有人欺负你们，
今儿有我在，我要不在呢？"
"那我就找我爸去。"我嘟囔。
"死胖子，你少跟我这儿抬杠。你到底听不听我话啊？"她说。
"听啊。"我说。
"他跟他妈都不是好东西，你以后少搭理他。"

那天我推开廖俊屋的门儿，看见小六儿站在门口枣树底下。
不知道他站了多久。
廖俊也看见他，我猜她也觉得不好意思。
连我都觉得脸上火辣辣。

小六儿看起来没什么不同，
只是说，胖子，你罩衣上都是西红柿酱，脱了我给你洗。
廖俊说："不用你，我给他洗。"

小六儿看看她，看看我，
对我说："对不起你。"
对廖俊说："谢谢你。"
转身走了。

26.

冬天还没过去，我们开学了。
小六儿从原来的学校转学过来，跟我一个班，
坐在靠近教室后门的一个位子上，即便他很矮。

当天中午他就跟同学打了一架。
那家伙跟别人说小六儿他妈是破鞋。
小六儿抓了对方的脸，留下两道血印。

教导主任罚他站在操场中间，
说：学校不是你这种小孩儿撒野的地方。

他们跟我说："胖子，你知道他小名为什么叫小六儿么？"
"随便起的呗。"
"他妈在生他以前有过五个小孩。"他们笑着说。
"狗屁。"我说。
"我妈说的，她还说那五个小孩儿的爸都不一样。"他们其中一个说。
另一个紧接着说："其实他爸是被他妈杀了。
埋在他们原来家里，要不你说，那屋儿为什么现在都没人住啊？"
我想起他们家，起了一身鸡皮疙瘩。
"胖子，你跟他住一院儿，小心点儿吧，早晚他们杀你全家。"
他们高声笑。

放了学，排路队回家，

等其他小朋友都走了，只剩下我和小六儿。
我心里一阵发冷，撒腿就跑。

27.

我进屋，正看见我妈正和小六儿他妈说话。
我妈说："大冷天的你怎么一头汗啊。"
我呼哧带喘："跑……跑……的……"
"跑什么啊，小六儿呢？"
"不，不，不知道。"

我把椅子和凳子拽到炉子边上，摆好写作业的架势。
又想起他们说"早晚他们杀你全家"，特别希望小六儿他妈赶紧走。

本来她是教我妈怎么使钩针，旁边还放着线。
她边做活边说以前的事。

我才知道小六儿他妈原来是东四那儿一个商场的售货员。
别人介绍她和小六儿的爸爸认识的。

"我爸妈'文革'刚开始就都不在了，只有一哥在陕北插队。
他在家里行六，是老小，可家里也只剩下他跟婆婆，
我们谈了没几个月恋爱就登记结婚了。"
她眼睛看着手里的线，笑着说。

“本来没想过这么快，
婆婆对我特别好，头一回上他家，
她跟我说，你们俩要是回头没成，你也来我家给我当闺女。
我那会儿一个人，觉得他家特好，让人心里暖洋洋的。
后来他还说，咱俩这是不是该算先结婚后恋爱啊。

我任性，他脾气好，让着我，和婆婆俩人都宠着我。
……是幸福吧，那个时候。
我还跟他说，我不要孩子，有了孩子你们都不疼我了。
他说，好好好，不要就不要，现在挺好。
我还自作主张去医院上了个环儿。”

我问：“什么环儿？”
我妈瞪着我说：“好好写你作业，别偷听。”

他们结婚5年之后，婆婆生了一场大病，险些要过去了，
病中婆婆跟小六儿他爸说，
死倒无所谓，挺遗憾没看见你俩有个小孩。
小六儿他妈在厨房熬药端过去正好听见，
第二天她去医院把环儿摘了。

婆婆的身体有了好转，小六儿也出生了。
那天，正好是他们结婚六周年，六月六号。

“那时候觉得这孩子命一定特好，应该特顺才对。”

她停了停，跟我妈说，
“不瞒你说，我是那种最差的妈妈，一点儿都不会照顾孩子，
他和婆婆都比我有耐心。
孩子一哭我就心烦，他老给我买电影票，说，去看电影吧，散散心。
我老想着，我是单为他生这个小孩儿的。”

她想起什么，呆呆地看着手背，一动不动。

“我这种当妈的很差劲吧，爱丈夫多过爱孩子。”她慢慢地说。
我妈刚想开口开解她，她又说：
“我现在该着遭这种报应。”嘴角有怪怪的笑。

我妈说：“你别多想了，事儿会过去的，他人也会回来的。总会好起来。”
她扭头直直地看着我妈：“你说，他回来了，还……还会要我吗？”

28.

我妈是那种特别容易被打动的人。
经常看着看着电视，电视里的人一哭她拿着个手绢也开始抹来抹去。
那天晚上我爸回来，她跟我爸又说了一遍，说着说着自己哭了，
弄得我爸一脸倦态还抚着她的背低声劝她。

那天小六儿很晚才回来，他妈已经走了，
我听见他家房门响，趴窗台上看，看他开灯，在屋檐底下就着炉子煮面条。

小六儿家在院门旁边，
早起上学，我妈老让我叫上小六儿一块儿走。
有时候小六儿早出来了锁了门站在他家门口等我。

我总是假装跟他一起走，
但实际上，出了院门以后他会走得特别慢，跟我拉开距离。

我心想，你看，这可不是我不搭理你，是你不搭理我。

29.

其实小六儿来之前，我是在班里受欺负的那个。
胖小孩在大人看来可爱，可以捏捏这儿揉揉那儿，
可在小孩眼里又蠢又笨。
人胖嘛，反应慢，他们乐意没事儿招惹我，
我又追不上，只能呼哧呼哧干着急。
他们在远处看着我，做鬼脸或者笑。

二年级的夏天，我中午趴在桌子上睡着了，
大白背心上被人画了一后背的乌龟。大大小小，好几十个。
人人都看着我后背笑，我一直扭着头，可什么也看不到。

放学走路队，校长在门口拽住我，说："你身上这都是什么啊？"
那时候我妈还没跟我爸结婚呢，回了家，爷爷也不在。
我站在凳子上要从柜子里抽件干净背心出来，
里面的东西哗啦都塌下来落在我身上，一下从凳子上摔下来。

我顿时坐在地上哇哇大哭。

廖俊在这个时候推门进屋，
在我朦胧的泪眼看来，她好像女神般闪着金光，
实际上可能是夕阳穿过枣树叶从窗口投到屋里的碎影。
不管了，反正是她当时轻言好语安慰我，让我特感动。

她说："胖子，你哭什么呢，看这鼻涕流的。"

30.

总要有一个人成为被欺负的对象，
那个时候我已经长高了一些，不像以前那么矮胖，
还练就了一手扔石头打人的绝技。
口袋里经常放着五六块石子，有时候也用弹球代替，
对着十几米开外的人扔过去能一准击中对方的头，也有打中下身。
他们在我身上找不到什么乐趣了。
恰在这时，小六儿来了。

他不招惹任何人，还是毫无缘由变成全班欺负的对象，
变成“脏”的，是比其他人都“脏”的人，
好像身上有某种病菌，碰都碰不得。
从小队长到学习委员收作业从来不收他的本子，
没人愿意自己的本儿挨着他的。
后来数学老师拒绝判他的作业，因为他总是不能按时交上来。
班里排队或者任何需要拉手的活动，都没有人愿意挨着他或者碰他；
女生被他无意中碰了一下就会大叫，龇牙咧嘴。

只要离开了我们住的院子，到学校他也不跟我说话。
总是看着地面、脚尖、手指。
和我一起上小学的两年多里，他几乎每天都挨打。
开始他们打架，我还想帮他，他突然瞪着我说：
“死胖子，滚远点。”

31.

我不知道他怎么想，他们打他踢他的时候，他在想什么。

只有他们开始说他妈如何如何，他才会还手，无论对方是一个还是七八个。
他们惹他，又怕他。
他一旦还手就“不要命”，拽住一个狠打到头破血流。

到现在，我们说起以前的事情，

小六儿笑着说："豁得出去呗，我什么都没有，什么都不怕。
那时候我经常想他们怎么还不把我打死。"

有次他打掉了别的同学一颗牙，
教导主任把我叫去，让我放了学把小六儿他妈叫来。
我看看小六儿，
他冲我摇头，特别小声地跟教导主任说：
"您怎么罚我都成，别找我妈。"
他拽着教导主任的袖口一直求他一直求他。
我第一次见他流眼泪。

教导主任有一张铁青的脸，说：
"你现在知道自己错啦？早怎么不收敛啊？
从你来我们学校就没清净过。"
他好几次想甩开小六儿的手，又跟我说：
"去把他家大人叫来，不然今儿别回家。"

路队一散我拼了命跑，跑回家一看，我妈还没回来，
我又出来，跑到我妈他们厂门口，看门的说还得一阵儿才下班呢。
我又跑去派出所找我爸，可我爸去分局开会了。
后来我一直在我妈厂子门口的花池子那儿坐着，直勾勾盯着大门。
天都黑了，看门的关厂门看见我，说：
"嘿，小胖子，你跟这干吗呢？他们都下班走了啊。"
……我又跑回家。

那是我第一次为别人的事儿这么犯愁。

我跟我妈说小六儿被教导主任给扣了。
我妈连和面的手都没洗就出了门。

她赔了好多不是，压着心里的火气轻声细语地求情，
还象征性地打了小六儿两下，教导主任还骂个不停，
“啪啪”地又打了几下，小六儿也不躲。
教导主任看我妈真急了，这才让他们回家。

屋里一家子笨男人等着她做饭呢。
她赶紧撸起袖子下挂面，煮了一大锅。
赶紧稀里呼噜吃了。

32.

吃了饭我妈吆喝我爸去洗碗，揪着我去写作业。

她板着脸跟小六儿说，
以后不能跟同学打架，把别人打成那样更不成。
小六儿不说话，让我妈觉得特失望，
只好说：“那你把衣服脱了吧，上面还沾着血呢。”
她仔细看他的衣服，又说，“看，边儿上还破了一块。我给你缝缝。”

小六儿往后躲，退着退着，开始往门外跑，
正撞在我爸身上，被拎进屋。
“跑什么啊你。”我爸说，“人家对你这么好，甭客气啦。”

只是小六儿的身上，层层叠叠全是淤青。

再没人说话，我爷爷从橱柜里拿了以前泡的治跌打的白酒，
递给我，向我妈那边努努嘴，我赶紧拿给她。

33.

那天晚上，小六儿躺在我床上，浑身都是药酒的味儿。
他蜷在紧里头。我的跨栏背心穿在他身上像个面口袋。
我平躺着，拼命闭着眼，听着我爷爷我爸的呼噜声。

有好长时间没跟小六儿说过一句话了，
我还不知道什么叫尴尬，光觉得心里发慌，怕他要跟我说什么，
只想赶紧睡，睡着了这一夜就过去了。

忍不住睁一只眼，看小六儿睡了没有。
他正看着我，我赶紧又闭了眼。
至少假装睡着了吧。

他非常轻地小声说：

“我真羡慕你，有爸爸妈妈，有家。
……谢谢你今儿帮我……”他翻了个身。

没声了，静得让我觉得心里发紧，我只好又睁开一只眼。
看他对着墙。
我觉得他的肩膀在抖，从他背后把胖爪子伸过去，扑在他脸上。
一手湿漉漉。

“哭啦？”我说。
“你丫才哭了呢。药酒弄眼睛里去了。”
“狗屁！你丫就是哭了。还不承认。”
他翻过身来，眼角的一大滴泪顺着动态滑下来，
我赶紧接手里，说：“你看你看。”

这时我们所有的精神都集中在证明他哭了这事儿上，什么都抛在一边。

又闹腾了一阵，我爷爷在下铺翻了个身，
发出“啊——”的一声叹，还咂吧了嘴。

赶紧重新躺平，俩人又不说话。
真安静，全瞪着房顶的白挂历纸。

“胖子，我们算朋友么？”
“算。”
“我以前也有朋友，他们后来都不理我了。

所有人都说我坏，还很‘脏’，你也会不理我吧？”
我想了想，说：“不会。”
小六儿“哼”地笑：“切，不会才怪。”
“那，以后不会。”我说。

我们“拉勾上吊”，“一百年不许变”。
不过小六儿还是说，到学校不要跟他说话，省得别人找我麻烦。

早上醒来，我的口水顺着脸一直流到枕巾上，
小六儿靠在我肩膀上，握着我的粗胳膊。

34.

不久，校门对面的花池子给拆了，
贴着那道影壁墙盖了一小卖部。
小卖部里卖东西的是个十八九岁的小伙子。
大概是书读得不咋地，好容易毕业了干脆给他爸看店。
我们班的女生老说他长得挺帅。

他算是清秀么？反正我觉得挺难看的，
整个儿一土豆脑瓜儿，有什么好看。

那时候只有新开的理发厅墙上贴日本“少年队”的海报。
他长得像里面的成员，头发也那么烫出大波。
傻了吧唧的，装模作样。

35.

有一天快放学了，我们学校的国旗降不下来了。
主要是国旗太旧，上面已经破了一个洞，风一吹，
国旗挂在旗杆顶的一个钩上。
旗杆是新的，为了和隔一条胡同的另一个小学斗气，特意修得老高。
那个小学有楼房，
我们学校全是破平房，
广泛流传着这里是川岛芳子故居、地下满是死人的谣言。

教导主任从他办公室里跑出来，站在操场上绕着旗杆走了三圈，
正逮住我们班的一小子，让他把小六儿叫来。

小六儿是全校爬杆儿爬得最快的，
学校在两棵大杨树之间架了根横杆，固定了两根十米高的竖杆垂下来。
经常组织各班进行爬杆比赛，在规定时间内看哪个班爬到顶的次数多。
说是每个人都要爬，
可我们班有我，还有一些根本不会爬杆的女生。
小六儿来以后我们每次都能得第一，他像只猴子。

在我看来，旗杆比爬杆的铁杆高一倍，
有种定海神针的感觉。
小六儿很快爬上去，把国旗扔下来了。
教导主任捡了国旗，特开心地把它叠好。

可我们都仰着头看着小六儿，
他还在旗杆顶上盘着，东张西望。
教导主任吓坏了，很多老师正从教室里出来，送学生走路队出校。
一堆人都在旗杆底下，特傻地仰着头。

教导主任脸变成真真正正的猪肝色，手直抖，又不敢太大声叫，
哆哆嗦嗦地说："你……你……你倒是下来啊！！"

小六儿"噌噌"地下来，特快。
抬头看得我脖子直疼。
他下来，笑着跟我说："嘿，我刚看见廖俊到小卖部里去了。"

教导主任一个大巴掌呼在他脑袋上。

我再没有她结婚的时候那么伤心

生活不是理想，不能幻想

害羞又潜藏着欲望的一张脸

自由仍然是猎人与猎物之间的一种距离

也不过就是生不如死

钱，我的梦里全是钱

我的梦里只有你，你的梦里全是别人

你不能捆绑我的手脚啊

长时间在床上，蜷缩

36.

我一直以为廖俊不喜欢长得好像土豆的男人。
她屋里墙上有一张挺大的电影海报，
是《乱世佳人》里那流氓吻美女的镜头。
我怎么看那男的都觉得他是个流氓，看看那眉毛，
留小胡子的更不可能是好人。

廖俊却笑着说："多帅啊。这叫性感。
胖子，你懂不懂什么叫性感啊？"她挑挑眉毛。

我问小六儿什么叫性感。
他也笑，对我说："你过来。"
他伏在我的耳边。
我还以为这词儿是多么见不得人需要背地里说。
舔了我的耳朵，他，突然地。

我打了一个冷战。
小六儿只是笑，没有解释。

就一个冷战？

37.

廖俊在一所旅游职高读书，
夏天总是穿着他们的校服，
白白的衬衫，黑裙子，红色的领结。
她的头发长长的，总是梳一个小鹿纯子头，别两个大卡子。

每到放学，我总是能从窗外看见她穿着那件白衬衫坐在小卖部里。

“你……你喜欢他啊？”我问廖俊。
“喜欢谁？”
我耷拉着眼皮，嘟着嘴：“土豆。”
“嗯？谁？”她眨眨眼，忽然笑了，“喜欢又怎么着啊？”
我白了她一眼自己回屋了。

我问小六儿如果他是廖俊，是喜欢我呢，还是喜欢那个土豆呢。
小六儿说：“他年龄合适。你一小屁孩儿的……”
本来正玩弹球呢，
他这么一说，我“嚯”地站起来，用脚划拉土地把坑都埋了。
“你丫生什么气啊。”

“那除了岁数呢？？”我气哼哼地近乎嚷嚷。
他又笑着说：“那，你比较胖，他比较正常啊。”

他妈的，正常。

38.

夏天到了，我们总去后海游泳。
后海的水其实挺深，但是水下靠近岸边有一个很大的平台，
站在那上面，水深不超过一米二。
宋庆龄故居门口那儿，平台上还放了几个大石墩子，下水特别方便。
我们都从这儿下水。

一般是看着夕阳落尽，天全黑了才上岸回家。
我爸喜欢站在水里，走在平台上，叼着烟抱着胳膊唱歌，
都是特老的苏联歌曲，喀秋莎啊，莫斯科郊外的晚上啊，小路啊。
偶尔也有游泳的人跟着他唱。

我总是觉着很丢人，游到远处。

廖俊游泳很好，
和别的女人一样穿着那种棉布缝的、满身起了好多小蛤蟆泡似的泳衣。
她很白，尤其是两条腿。

她笑着说："胖子啊，咱俩比比？"
"谁怕你啊。"我水性很好，胖，很难沉底。
不像小六儿，到水里像只猫一样乱扑腾，过会儿嘴唇全紫了。

廖俊说："那，咱们比，游对岸再游回来。"
"赢了怎么着啊？"

"你赢我就亲你脸蛋一下，我赢你就请我吃冰棍。"
脸发烫，烫得好像要烧破了皮一样，我赶紧沉到水下。
廖俊拍我脑袋："你到底比不比啊。我可不跟你比憋气。"

"比就比。"我说。

我跟在她后面，潜水，向上看着她的两条大白腿打水。
从水下看人很不一样。
已经发黄发红的阳光，打在水面上，从她背上肩膀上洒下来，
整个人有一个闪动的亮边，显得特别不真实，很神奇。
这时候的廖俊不再是个普通人了。
我隔好长时间才换口气，潜着水一直跟着她。
她摸岸边转身，我也转身。

慢慢地，太阳越来越红，水面也发红起来，
廖俊的红色泳衣和水面的光溶在一起。

其实我只要略微加速完全可以超过她。
但一想到如果我赢了，就……
不自觉地又慢下来，跟在她后面。

她一边吃着冰棍一边胡撸头发上的水，
笑着说："胖子，哼，你还是不行吧。"

我看着她，心里想，

怎么才能变瘦啊。
怎么才能变瘦。

39.

没过几天，廖俊要去实习了。
去两个月。那么久。

她走的前一天早上，还笑着问我想吃什么东西，回头带给我。
转脸，她跟土豆出去玩了一整天，特晚才回来，还被她妈训了一顿。
我听见她摔门的声音。

第二天，天刚蒙蒙亮，她拎着小箱子就这么走了。
我醒了，蹑手蹑脚爬下床，趴在窗户上向外看。
知了都还没开始叫。

那天，我下了决心一定要在廖俊回来之前变瘦。
变瘦！！

吃饭的时候我只坐在饭桌边上发呆。
最后我妈急了两次，我爸揍了我一顿。
"你丫小屁孩子还闹绝食啊你！"

小六儿问我："你这是干吗啊，想她想成这样？"
"我就是要变瘦。"我说，抹着还没止住的眼泪和鼻涕。

他想了想说："你照样吃饭，吃完了再给吐了呗。"

一开始吐不出来，好不容易吃着挺香的饭，
对着茅坑却怎么都吐不出来。
小六儿说："你算了吧还是。"
"不成。"我继续对着茅坑。

他说："实在不成抠嗓子眼，肯定能吐。"

40.

我上中学读《挖荠菜》，作者在里面写：
"留在我记忆里最鲜明的感觉，也还是一片饥饿。"
那个夏天给我留下最深刻的印象就是饿，饿得我总是满身虚汗皮发紧。
人都被抽空了。脑袋里肥肉下面都浮着无数个"饿"字，扯着我。
好像全身钉满大头针。

饿得难受就找一水管子，对着水龙头猛喝凉水。
抹嘴儿还是饿。

小六儿总是看着我说："别折腾了，你现在挺好的。"
他说："你变瘦了，她要还是不喜欢你，怎么办？"
"滚！"饿得眼睛发花，觉得全世界都他妈在跟自己找别扭，
脾气也特大。

我总做一些眼花缭乱的梦，梦见我和廖俊，好了，或没好。
我笑了，又哭了。
醒了以后总是特别难过：
我觉得我这辈子都没戏，无论我多瘦。

我这么忍饥挨饿，小六儿却总能从土豆的小卖部里拿回各种零食，
无花果干啊，话梅啊，大大泡泡糖，乱七八糟各种各样。
他笑着说："你想吃什么啊？我给你带回来。"

每到饿得眼花缭乱，他就塞给我那些吃的。
本来我想，既然是土豆给的绝不能吃，这是气节啊！
不过后来顾不上了。
有一阵子要是给我一把草，我都能咽下去还咂吧嘴。

我总想知道小六儿是怎么弄来的。
"买的？"
"不是，白来的。"
"为什么啊？"
"你吃吧，哪儿那么多废话。"他只是诡异地笑。

41.

此外，我们还跟好多小孩儿打弹球，赢了很多弹球。
即使是学校里跟小六儿打架的，也来找他玩弹球。

好像出了学校大家就换新人。

我管廖俊他爸要了一个他不用的玻璃小鱼缸，
把我们赢来的弹球都扔到水里。

小六儿最喜欢把缸放在院子地上，眼瞧着太阳照在水面上，
亮晶晶的，闪啊闪，晃得满脸都是碎光，他坐在旁边看着发呆。

不过没多久，我们开展了一项业务，把这些赢来的弹球卖掉了，
有人愿意把自己原来的赎回去，有人要买别人的弹球，
也有人央求小六儿去赢某个人的某个弹球，自己好买回去占为己有。

那些钱小六儿都攒在一起，
差不多了，把钢蹦儿和毛票换成整钱，搁到他妈放钱的盒子里。

我总是把我的那一半钱都买了冰棍含在嘴里。

饿。
连玩的时候都还是只剩下饿。

小六儿在我耳边说："其实你不用变瘦他们也好不成。真的。"

42.

我天天照镜子，希望能发现一些变瘦的蛛丝马迹。

总是摸着自己的腰，拽自己大裤衩的猴皮筋。
总想着有天早上起来，套上裤衩，它自己会掉下来。
在我马上要放弃的那天，
早上洗脸，我却不能在原来的距离内摸到自己的脸了。

变瘦似乎是突然之间发生的，让我自己都吓一跳。
跑到粮店，在称米的大秤上称了一回，发现自己瘦了十斤。
于是那天才写了第一篇暑期周记：今天是我这辈子最最高兴的一天。

43.

可没过几天那种高兴劲儿就过去了，
大多数人都看不出我瘦，只是说我脸色不好，没什么精神。
我妈为这个还特担心了一阵儿。
我爸跟她说："我看他是暑假玩疯了，累的。甭搭理他。没事儿。"

随着天气越发闷热，晚上要睡着变得特别困难，
我总是想着吃的东西，饿得前心贴后心，喘气都困难。

有天晚上我不得不从床上爬下来，跑出去喝凉水。
我妈开了灯，问我干吗去，
我说，上厕所，
"有尿盆啊。"
"拉屎。"

我慌忙跑开了。

我去敲小六儿家的门。
他抹着眼睛给我开门，
打着哈欠在我爸给他的一个小电炉上用一大搪瓷缸子给我煮了包方便面。
还在汤里打了一个鸡蛋。
我用他的毛巾裹着那个缸子吃面，稀里呼噜，也顾不上烫，
吃出一身汗。

他在旁边闭着眼睛给我摇蒲扇。

那天我躺在他的席子上睡了。
吃过面的缸子放在床下，早上醒来枕头上还沾着压扁的半根面条。

44.

后来的很多个晚上，小六儿都在迷迷糊糊中给我煮面条，
一般都是从土豆那儿拿来的。
我总是问他土豆为什么白给他，他笑着说，你别管了，吃吧吃吧。

开学之前，我又跑去粮店称了一次，又瘦了十斤。
把我乐坏了。我以为晚上经常吃方便面体重非长回去不可。

不过即使这样，我还是一个胖子。

我的腿仍然前后左右看起来都是一样粗，好像根圆柱子。
我的裤衩确实松了，可他们还是叫我胖子。

在开学前三天我抄完了小六儿的暑假作业，熬夜补写暑期周记。
我爷爷在旁边嘿嘿地笑话我："胖子，你这是临阵磨枪啊。"

开学那天，我才知道土豆的小卖部关门了。

一进教室，刚开始打扫卫生，
小六儿的作业就被他们扔到擦玻璃的水盆里了。
放了学，他却因为只能交湿的作业而罚站。

45.

我回家正撞上我妈同事来串门，在屋里跟我妈说话。
她家住在我们学校对面，跟土豆家在一个门儿里。
她说："……他爸听见声就推门儿进了屋。
后来拿着笤帚追着他抽，他跟院儿里跑，光着屁股……"
她呵呵地大笑，我妈本来也跟着笑，
忽然停住，问："光着屁股？"
"可不，下边儿什么都没穿，正跟那孩子在一块儿。"

我不知道她们在说谁，只看出我妈的脸色不好看了。
后来她手里炒着菜，眼睛从厨房的窗口瞅着院门口，小六儿回来就被她拽住问了好多话，他只是笑。

晚上吃饭，我妈跟我爸说，小六儿这孩子跟别的小孩儿不一样。
我爸喝着酒晕乎乎地笑着说：“怎么不一样啊。
带他去游泳，他一害怕就死搂着我喊‘爸’，
小孩儿呗，能有多大差别。”
“他心里有主意。”我妈说。
“嗨，你想太多了吧。”我爸毫不在乎。
“那院儿的事儿你不知道？”
“什么事儿？”我爸抬头看着她，我妈见我也看着她就不再说了。

46.

没两天，廖俊终于回来了，人给晒黑了不少。
我满心欢喜觉得她见着我的变化会很高兴。
可是她看着我，忽然噘着嘴说：“啊，胖子，你怎么变瘦了？”
捏我的脸，又说：“一点都不好玩了。”

说完这两句，她跟她妈说了一句：“妈，我出去啦。”就走了。

我像个木桶一样戳在院子里。
突然之间哇哇大哭起来。
廖俊她妈正从屋里出来还在嘟囔“死丫头，又出去疯”，
看见我这样着实吓了一跳。

赶紧过来说：“怎么啦胖子你这是。”

我坐在花池子边上，眼泪还往下流。
小六儿蹲在旁边，小声说：“你看，我说什么来着……”
他从花池子里扯串儿红嘬花蜜吃，又扯了递给我，说：“甜的。”
我一边嘬，一边流眼泪，嘴里一阵甜一阵咸。
小六儿说：“这回可以好好吃饭了。反正方便面也吃光了。”

47.

在厕所里尿尿，我问小六儿：
“你丫说，我这俩月得跟这儿吐了多少吃的啊。”
他说：“得好几百斤，一卡车白面那么多。”
现在想想：“真他妈可惜了的。”
小六儿呵呵地笑。

我们一出来，看见廖俊正堵在门口，双手叉腰，
弄得一叔叔进去都得侧着身，在小便池那儿还换了好几个地儿，
生怕廖俊看见自个儿。

她立刻给了小六儿一大嘴巴。
小六儿捂着脸仰头盯着她，她又狠狠打了他一下，这次是打在身上。

我手足无措，完全搞不清楚这是怎么回事，

也不知道是该问小六儿还好么还是问廖俊怎么了。

他们只是互相瞪着，小六儿也不再捂着脸。
廖俊说："你教胖子吐饭的？"
我们谁都没回答，她又打了小六儿一耳光：
"我都听见了。这是为胖子打你。"
气冲冲地进院回屋了。

我看看小六儿。
他嘴角露出一个颤巍巍的笑："你还不去安慰她？"

48.

土豆被他爸剃光了头发，变成了一个秃头，让我看着觉得特开心。
开学没几周，他被他爸轰到南方去了。

他走以前来找过小六儿一次，这是我第一次在小卖部以外的地方看见他。
他站在院门口，问我小六儿在么。
我说他不在。
他摸摸自己的脑袋，笑了一下，走了。
我莫名其妙地觉出那个笑的凄凉。

没走两步，他正好遇到廖俊回来，可她目不斜视从他身边骑过去了。

小卖部彻底被拆掉了。

我们学校也推了平房盖楼房，借了别的小学的教室上课。

每天早上我们在胡同口一个大饭馆的停车场上集合，

背着书包拎着饭盒坐班车去上学。

我才知道，小六儿把土豆给的那些吃的都留着，

除了我吃的，其他那些都没动过。

我一直都以为他全给吃了。

开学以后他用很低的价格把那些零食偷偷地一点点卖掉。

班里经常跟他打架的人中也有人从他那儿买零食，

后来，他们干脆直接抢他的零食，也抢钱。

回家路上，他们把小六儿的饭盒扔在油漆桶里染上了红色。

人人都认识他的饭盒。

每天中午，俩值日生去食堂拎全班的饭盒，

小六儿的那个经常被扔在半道儿上。

我跟我妈一说，她老是给我多带一个馒头花卷之类的，

我趁别人不注意放在小六儿的位子里。

可还是被他们发现了，他们把花卷扔在地上踩得烂兮兮的，

笑着："没想到你丫还有人暗恋啊。"说着，把小六儿推到墙上。

[illegible]

生活不是理想，不能幻想

害羞又潜藏着欲望的一张脸

自由仍然是猎人与猎物之间的一种距离

也不过就是生不如死

钱，我的梦里全是钱

我的梦里只有你，你的梦里全是别人

你不能捂暖我的手脚啊

长时间在床上，抵抗

[illegible]

[illegible]

49.

我们每天都在那个小学的楼顶上做早操。
周二下午的少先队活动也在那儿，
全都在太阳底下傻站着，大队辅导员主持，校长讲话。
前面忽然一阵骚动，我左看右看瞧半天才发现是小六儿倒在地上。

他们把他抱到医务室，强迫他吃了两块糖。
我猜他们以为给小孩治病只需要两块糖。
校长特着急，把我们班特喜欢打小报告的大队委叫去问了几句话。
第二天，小六儿被叫到校长办公室吃午饭。

他说他那天其实没晕，只是想看看他们能拿自己怎么办。

我们的校长带着一副褐色的眼镜，常常面无表情，说话有气无力。
完全没有小学校长该有那种和蔼可亲劲儿，人人都怕他。

小六儿每天都抱着自己的饭盒坐在校长办公室的墙角吃饭。
饭是他自己做的。
特简单的一个素菜：冬天是白菜，夏天是黄瓜土豆西红柿；

一些米饭，偶尔有咸菜；也有馒头蘸黄酱酱油拌饭的时候。

此后，校长每天多带一个小饭盒，
里头装一个荤菜或者俩鸡蛋，给小六儿的。

小六儿笑着跟我说：“他其实是个挺有意思的老头儿。”

坐班车回家的路上，
他们总是在小六儿周围说他不害臊，还让校长给他开小灶。

我上高中之后才听说我们小学校长原来有个儿子，失恋之后跳楼了，
他老婆一直精神恍惚。

我妈听了，点点头，说：“唉，人都不容易。”

50.

我们班上新转来个不爱说话的女生，满脑袋黄毛，
说话声音好像蚊子叫。
干什么都小心翼翼，一副特受气特委屈的表情。

小队长改选，老师特意指定她当我们小队的小队长，说是锻炼锻炼，
老跟她说，你胆子大一点，什么都不用怕。
可她还是老哭。

别人对她说话，声音一高态度一急，她立刻全身发抖。
每星期光为收作业就能哭两三回。

他们都叫她别收小六儿的作业，
她倒不在乎，很负责任，每天都去收小六儿的作业，
别人不愿意自己的本子挨着小六儿的，
她把小六儿的本儿放在最下边，
自己的放在小六儿的上面。

可她不漂亮，也没显出聪明，学习成绩只是一般，
班里同学对她那种新鲜劲儿慢慢过去了。
女生们再也懒得跟她那儿凑近乎。
照我看，没人理她，她还松口气，显得自在点儿。

坐班车，她总是坐在最后一排，从最后面的窗户往外看。

如果没人找小六儿的麻烦，他就坐在车门的台阶上。

有几次，我看见他们俩说话来着。

51.

只因为他俩说了几次话，他们剪了小丫头的辫子。
在回家的车上，他们特意哄她到前面坐，

说着笑着割了她的头发，还把碎头发塞进她脖领子里。

他们手里有小刀，平时没事儿显配晃荡。

小丫头哭了一路。
直到所有人都不笑了，大家都害怕了。
老师也劝她，甚至想逗她笑，说了好多特温柔特孩子气的话。
可她还是哭。
很快，劝的人也累了厌了不再劝了。
也就下车到家了。

小六儿跟在她那支路队后面直到看她进了家门。
他第一次从他妈放钱的盒子里拿了几块钱，
从推车卖小百货的老太太那儿买了一把没开刃的小弹簧刀。

我说："你要干吗啊？杀人啊？"
小六儿笑着说："不会。我要收拾他们。你瞧着吧。"
磨刀。

52.

往后一周，班里乱成一锅粥。

有人书包里跑出活蹦乱跳的小耗子，

有人翻开语文书发现里面有一只被夹扁的蟑螂……
他们打开铅笔盒都皱着眉头存着小心，
吃着饭听到“咯吱”一声都不敢确定是小块软骨还是别的什么。

小六儿走路没声，手又凉，
从背后伸出来摸谁脖子一下都会吓得人哇哇大叫。
于是，他们尽可能待在一起，以防一个人受到偷袭。
但还是有人滚下楼梯……

让老师觉得没辙的是，
就算认准了是小六儿闹的，也没什么方法可以阻止他。
每天都有人惊叫和哭。

有天小六儿碰掉了其中一个的书，
他立刻单手抓着小六儿的脖子把他按在墙上，
掏出刀子来晃，说了很多骂人的话。
我看见小六儿在笑，他的小刀从袖管里滑到手里。
我正要喊“别啊”，却看见他一刀扎在自己肩膀上。

这一次，是他在叫，捂着自己的肩膀，血都渗出来。
可我又看见他笑。

53.

廖俊交了新男朋友。
晚上，经常开车送她回家。

我爸说他跟街上过，经常看见廖俊跟不同的小伙子在一块儿。
我没好气地说：“那有什么不好了？”
“姑娘家，这样好啊？”我爸瞪了我一眼。

我还不认车，什么宝马奔驰全不认识，
只记得那辆车特黑特亮，一个圆分三瓣是它的标志。
有天，我看着那车停在院门口，立刻扑过去绕着转了两圈，
问小六儿：“你丫带着刀呢么？”
“你要干吗啊？”
“借来用用。别那么小气。”我说。
小六儿的伤还没好，左胳膊抬不起来。

我在车周围又走了几圈，在车身划了很多道。
还在车尾上刻了“王八”两个字，
本来还想写上“蛋”，可是笔画实在太多了，就划了个一点都不圆的圈。

那时候的小汽车还没有乱响的防盗装置。

最后，我拧下了车头的车标，扔到茅坑里去了。

没两天，同一个男人，开了另一辆车来。

54.

我跟廖俊说："等有一天我要开着宝马去找你。"
她眯着眼笑着说："你骑着自行车来找我就成了。"
我以为她笑话我，不相信我的话，
于是鼓着脸，说："我说真的。"
她大笑，靠近我的脸，说："那你说，什么车是宝马啊？你知道吗你？"

"我不知道又怎么了？反正我……反正……"我冲她嚷嚷。
你要怎么才能明白啊。

她捏着我涨得热腾腾的脸，说：
"你个胖子啊，好好待着吧。成天净瞎想。"
她笑。

好多年以后，
廖俊跟我说她从小羡慕别人谈个恋爱小男孩儿骑车带着女孩子。
她说她也想有天能有个喜欢自己、自己也喜欢的男孩儿骑车带着她。
她坐在车后座上，靠着那个男孩儿的背，拽着他的衣服。
她说那样一定特舒服。
她笑。

可第一个对她表白的男人就开了奔驰来接她。

我问她是不是曾经想过让土豆带着她来着。
她说："是啊。想过。可他说他不喜欢我。"
那么久了，她还是要在结尾叹口气。

55.

小六儿过生日，
他妈忽然特高兴地给他买了一套新的运动服、新球鞋，
还从新侨饭店三宝乐买了一个蛋糕。

小六儿切了一大块给我："你说我妈这是怎么了？"
"开心呗。"我一抓就抓了一手奶油，舔又舔了一脸。
他慢腾腾地说："可以前都不这样啊。"

我过生日，我爸总是从稻香村买点小点心晚上再煮一锅挂面了事。
无论是他过生日还是我爷爷过生日，都来这一套。
有了我妈以后，顶多多炖一锅排骨，清汤面变成排骨面。

我们带饭上学，班里一女生有天中午带了生日蛋糕，说是老莫的，
得意了好半天。
我真是又羡慕又嫉妒。

小六儿吃不了奶油，那天吃了一点，夜里他妈不在，他又都给吐了。
我说，你这可是糟践啊。

我抱着蛋糕大吃，被我爷爷瞧见了，还不得已掰了一块给他。
最后吃得我们俩都举着满手大白奶油紧着舔。

56.

没几天，他妈来找我爸，问他怎么才能办个执照摆个小摊儿。
我爸当时刚开始喝酒，一听她说只觉得莫名其妙，
他一犯晕就皱眉毛，赶紧把酒瓶又盖上了。

等晚上吃饭，他跟我妈说：
“你去给我问问她是怎么想的。我觉得这事儿不对。”
“有什么不对的。总得有从良的那天啊。”我妈说。
我爸摇头说：“这里头肯定有事儿。我琢磨着十有八九是她男人回来了。”
“要是回来了，你还真抓他啊？”我妈盯着他。
“那到底怎么回事儿得说清楚啊，人也不能白死啊。”我爸瞪了眼。
我妈看着筷子，小声嘀咕：“真回来也不能让你知道。”
我爸“啧”了一声：“说什么呢你，该怎么着就得怎么着……”

连小六儿也不知道他爸爸是不是曾经回来过，说了什么又做了什么。

几周以后，我爸托人帮着给他妈办了个执照，

在他们家冲着胡同的墙上开了个窗洞，卖零食和香烟之类的。
居委会的徐大妈又让她拉一条电话线，弄了个公用电话。

我爸拽了廖俊她爸一起干活，砌墙抹灰安玻璃，往漏雨的屋顶上罩了雨布，
屋里被水弄得黄吧啦叽的顶上糊了一层从张律师那儿拿的过期报纸。

小六儿他妈看着，笑着，头上扎了一条浅色的头巾，端茶倒水，前前后后。

小六儿弄了一身灰，脏着鼻子跑来跟我说：
“这回你要再想吃什么，管我要就成。”

57.

卖东西的小店，只开一个窗口，
加了宽的木窗台，公用电话放在外头窗台上。
窗口底下砌了砖台子，有两三节台阶，
买东西打电话的人就站在墙外的台阶上敲窗玻璃。

晚上，把电话收进来，小布帘子一拉，算是歇了。

小六儿他妈总是微笑着，声音很好听，态度也特别好。
终于让胡同里打家具的木匠给做了个带靠背的椅子，
她坐在窗口里，打着毛线活儿看店。

胡同里好多男的跟她这儿买烟。
要是她不在，他们问小六儿，你妈去哪儿了。

可只要小六儿看着小店，廖俊就宁可一直走到胡同口买东西。
后来我跟她说："你要什么？我给你买去啊。"
"甭介。"她说，"他碰过的东西我不要。"
这个时候，我觉得她跟我们班那些小孩差不多，
可我都弄不清楚她到底堵的是哪门子气。

生意也算挺好，只是赚钱不多。
有两次收债的上门，小六儿他妈把门从屋里锁上，帘子也拉上了。
里面干什么呢外面全看不见。
只是电话还摆在外面，徐大妈看见了，敲她的窗户她也不应。

可过一两个小时以后，一切又都恢复正常了。
她还是静静地坐在窗口后面打毛活。

58.

小混蛋，
曾经和另外几个小孩伏击我们还砸了小六儿家西红柿酱的那个家伙。

他妈从小六儿他妈那儿拿了钱以后，和一个野男人好上了。
带着小混蛋一起去了南方，

换了几个男朋友以后，终于找到个猪头愿意跟她结婚，
可条件是不能带个孩子。
她把小混蛋踢回北京放在他奶奶家了。

他比我们大两岁，可转学过来却跟我们一个年级上课。
人高马大，嘴唇上都长出了一层发黑的茸毛，
总是眼泡肿着，撇着嘴，阴沉着脸。

小六儿第一次在楼道里遇见他，吓了一跳，
可小混蛋露出一颗带尖儿的虎牙，一个模糊的笑：
“又见面啦，小瘦子。”

我们在楼顶做操，他的动作总是慢悠悠的，特懒散。
他老盯着小六儿，偶尔看到我，也露出那颗虎牙，似笑非笑。

头一个星期他就找机会和小六儿打了一架。
放学以后，他一直跟着我们，挑个没人的死胡同把小六儿推进去。
俩人基本上没什么话说已经动手了。
跟他相比，小六儿太瘦小，用小刀划了他的手背才避免被掐死。
他弯着腰倒气儿，小混蛋就猛踢他。

那天早上下操，正下楼，小混蛋忽然挤到我身边说：
“死胖子，你丫少管闲事，不然让你吃不了兜着走。”

我愣愣地站在胡同口看小六儿的鼻血滴在地上。

59.

小混蛋他妈当初要钱采取了特别死缠烂打不要脸的方法。

不仅跑到小六儿家院门口闹，
还去了他妈工作的商场，在柜台前往地上一坐，又哭又闹。
商场的领导劝也劝不走，拉也拉不动，
架不住她天天闹，只好把小六儿他妈调到食堂去卖饭。
大中午的，她又冲进食堂，再嚷嚷一气，
拽着小六儿他妈的手把热米饭往自己脸上扑。
小六儿他妈又被调去库房，
她跑去把一溜装着各式瓷盘子的箱子推到小六儿他妈的身上。

商场里那些事是小六儿他妈跟我妈零零碎碎聊天说的，
小六儿并不知道。
他只看着他妈求那个讨厌的女人：
“你走吧，我现在也没有丈夫了。何苦非要……”

他问他妈：“我爸真杀人了么？”
“没有。”她说，“他说没有，就肯定没有。”

60.

小混蛋跟小六儿说，你爸杀了我爸。我要叫你偿命。

小六儿已经说不出话了。

小混蛋说：“我要让你丫活得特不痛快。”

他抽抽鼻子。用手背抹了一下，他手背上的血就挂在脸上。

他扭头看见我站在胡同口：

“肥猪，你是等着给丫收尸吧？”

他哈哈大笑，留下特狰狞的一张脸。

我把小六儿扶起来，他右手脱臼了，

我听见他疼得直喘气。

他靠墙坐在地上，我掏手纸给他擦鼻血。

我出汗，他流血。

刚跑进院，小六儿他妈叫住我，问我小六儿怎么还不回来。

我说：“我不知道，我……我……没看见。”赶紧往家跑。

回家把我爷爷叫出来，让他来把小六儿的胳膊给掰回去。

我爷爷倍儿严肃，人中都拉长了：“你们这是干吗呢？”

我刚要说话，小六儿说：“没事。刚才摔了一跤，掉坑里了。”

小六儿去别的院儿把脸上脖子上手上的血都洗了，可衣服上还滴着一些。

胡同里有人抹墙，和了泥跟那儿晾着，他糊了一手泥拍在衣服的血迹上。

生活不是理想，不能幻想

害羞又潜藏着欲望的一张脸

自由仍然是猎人与猎物之间的一种距离

也不过就是生不如死

钱，我的梦里全是钱

我的梦里只有你，你的梦里全是别人

你不能捂暖我的手脚啊

长时间在床上，抵抗

一旦偏离轨道，就只能一直向前跑，错过一个个出口直到死

你不知道自己要什么，[illegible]

61.

在小六儿他妈自杀之前的一年多里，我都没跟小六儿说过一句话。
这期间，和好的机会不是没有，
可一开始，是我小心眼猜疑他记恨他。
到后来，道理我也明白了，想和好，
只是总在心里猛嘀咕，没什么实际行动。

出事那天，刚过春节，差不多是他们住到这个院儿里三年多一点。
我妈去看她以前的婆婆，到乡下住了一个星期，照顾瞎眼的老太太。
我爸天天到派出所里值班，趁我妈不在，他一回家就喝得晕乎乎的。

别人家的小孩都跟着爸妈去拜年了，
廖俊和她弟一早上拿着大包小包跟着他们的妈回娘家去了。

真是无聊。
连我爷爷都出去拜年了。

我从里屋转悠到外屋，又从外屋杀回里屋，
把床底下小时候玩的塑料刀、小飞机都给耙拉出来了，甚至抱着滋水枪对着雪地特别无聊地滋了几个脏字儿。

又在床上躺了会儿，没睡着。
甚至起了写寒假作业的念头。

后来还是，去敲了小六儿家的门。

62.

竟然没动静。
那天早上窗口的帘子就没拉开，
也没人注意，大概都想着过节了他们也要歇。
我又敲了半天窗玻璃，屋里还是没声。

看看他家烟囱都没往外冒烟。

我回家睡了一大觉直到我爸回来。
我跟他说小六儿家没人。
他笑着说："他们能上哪儿去啊。"

他把警服换下来，柜橱里的二锅头拿出来握在手里，
站在门口往小六儿家那边看，看了半天，
最后还是把酒放下，去敲他们家的门，贴在玻璃上往里瞅了半天。

“我说没人来着吧？”我说。
我爸撇着嘴说：“你说会不会是夜里他爸回来把他们都接走了？”

我爸又在他家周围“侦察”了一下。
他觉得最不对劲的是，屋门从里面锁上了。
他说：“要是中了煤气可糟糕了。”

他拿火筷子敲碎了门上的一块玻璃，手掏进去从里面把门打开。

屋里特冷。我一进去就打了个喷嚏。
我爸看了看，回头跟我说：“胖子，你回家去。甭跟这儿待着。”
我偷瞄了一眼，好像小六儿跟他妈都在床上睡着。
可这么冷……

63.

那天小六儿给送进医院去了。他妈也给拉走了。
我爸跟我妈讲，小六儿他妈给小六儿也吃了好多安眠药。
我妈立刻叫出来，顾不上我也在旁边：“她心怎么这么狠啊。”
“可是，我进去的时候，她身上只盖着一层被单，
小六儿身上除了被子还盖了两件棉袄。
你说这是怎么回事？”
“我哪儿知道她怎么搞的。”

她死以前，曾经有一段时间，整个人都不太正常。
有人去她那儿买东西，她把人叫进屋来，拽着别人身上的毛衣又摸又看。
她总是来来回回织一件毛衣，织了拆拆了织，
常常还自言自语。

她有时候披头散发失魂落魄，有时候整个人收拾得特别整齐。

我妈去问她到底怎么回事，她也不说。
她两眼发直问我妈："他是不是不会回来了？"
"谁啊？"
"他不会回来了。我知道……"又低头织毛衣。
这事儿把我妈吓一跳，往后都不太敢跟她说话。

小六儿要是不在家，她连算钱也算不对。
打了公用电话的，她常常不收钱就让人走了。
徐大妈跟她谈了好几回，让她精心点。
她一阵儿答应得好好的，还猛道歉；
一阵儿却完全不搭理，弄得徐大妈跟我爸气急败坏地说：
"好心当成驴肝肺。"

入冬以后，她忽然又恢复成以前那样了：漂漂亮亮的，总是笑着。
还织毛衣，可跟她以前老织的那件不一样，换了一种颜色的线。
这让我妈更觉得奇怪，又害怕。

64.

我爸跟我妈说：
“我寻思着，她根本没想让孩子死了，她怕他睡了以后，火一灭给冻死。”
可她还是让小六儿吃下了不少药。
小六儿在医院里洗了胃，住了两天，才回来。
他跟我爸去火葬场，路上在警车上睡着了。
到了家，我爸把他抱到我床上。

他一睡睡了三天，怎么也叫不起来。
我妈差点要再送他去医院，
发现他一大早儿就起来了，坐在门外台阶上发愣。
我妈想说几句安慰他的话，也坐在他旁边。
还没开口，小六儿靠在她身上，又睡着了。

在那几天里，我爸仔仔细细查看了小六儿他们家。
什么也没发现，他想不通，这不是好好的么，怎么还非自杀不可呢？
在开铺子的那半间屋里，箱子一直堆到顶上，屋里特黑，
灯怎么也拉不亮，我爸回家拿了灯泡，拿了手电，踩在椅子上换灯泡。
他在放得特高的一个箱子上看见一灯泡，和包灯泡的棱条纸。

“我估计她也是想换灯泡来着。”我爸后来解释说。

那间屋的顶棚，前一年夏天又漏雨了，都沤坏了。
到了秋天，房梁上又住了几只野猫，闹腾得顶子塌了一块。

12月，我爸他们用老方法重新糊了一次顶，还是用报纸，凑合着把洞补上。

手电晃过那些报纸，我爸一扭灯泡还没换新的，灯竟然自己亮了。
他吓了一跳，正抬头看着……

那张报纸上有一小块新闻，提醒大家注意交通安全。
可是登了不大的一个照片，一人倒在地下，上身穿了一件眼熟的毛衣。

65.

小六儿蜷在我床上，我平躺着，闭着眼。
他好像自言自语一样："他们会把我送走吧。"
我睁开眼说："不会的。"
他笑着说："我还以为你一辈子都不会跟我说话了。"

我是从来不会道歉，决不说"对不起"。

在小混蛋出现以后，我和小六儿之间出了两档子事儿。
这些事我真不想提，想起来还是会浑身不舒坦。
如果重新回到那个时候，我的反应可能还是一样。
他，大概也不会改变。

廖俊问我："如果有人绑架我，要好多钱，你又没钱，怎么办？"
"去偷去抢也得把你弄回来。"我说。

“有人让你打小六儿，要是你不动手就欺负我，那你会怎么办？”
我不说话。
我当然不能让别人欺负你了。

在丫头从小提琴老师那儿回家的路上，
小混蛋往她身上滋了尿，用一杆大号水枪。
这件事她跟谁都没说。
只是另外一个同学正好看到当件笑话在课间乱说，
他也不知道那是尿不是水。

小混蛋问小六儿：胖子和她之间只能留一个，你选谁啊？

66.

小混蛋目的明确，做事有计划。

他们班语文老师每堂语文课花五分钟让每人上去讲个故事。
没故事就说笑话，笑话都没的讲讲家里几个人，吃的什么早饭，这些都行。

小混蛋上去说：
“我要讲的是猫和耗子之间的事儿，
一般人都觉得猫抓耗子是为了吃，其实不是，
猫把耗子抓着以后，不停扒拉它，
把耗子弄得筋疲力尽以后，放了它，
这时候耗子已经跑不动了，猫再把它抓回来继续玩儿，”

他伸着两只手比划着，肿着眼泡瞄着教室的房顶，好像翻白眼，
“直到把老鼠玩死。
这个过程中，耗子会很想死，可怎么也死不了，
有时候能看到耗子跑去撞墙。”
他嘿嘿嘿地笑着。
“猫就很爽。”

“这个故事告诉我们，得当猫，不能当耗子，
做人要像猫玩耗子似的，要有耐心有毅力。
我讲完了。请鼓掌。”
他大笑着给自己鼓掌，怕被他欺负的同学跟着拍手。

他以为自己是猫，我们全是耗子。

67.

小混蛋问小六儿：“你选谁？”这时候他一定特别开心。
任何人能随心所欲地控制别人都会特开心。
他忍不住要呵呵地笑出声来。

“你折腾我一个还不够？”小六儿说。
“不够。”他说，我要让你活得比死还难受。让你什么都没有。

小六儿看着他：“我现在还不是什么都没有么？”
你还有你妈，你还有朋友，还有人喜欢你。全都他妈该死。小混蛋说。

我没在场，话是小混蛋的手下后来说给我听的。

小六儿打我下手特别狠也特别突然，
我差点晕了，一肚子火嗖嗖地蹿上来，
我还手也更狠。

打架这种事情总是在突然间失控……

我流着鼻血和眼泪从小六儿身上站起来，
他本来用胳膊挡着脸，我开始骂他，他撑着地看我。
我以为他要辩解，吵架也成，总得说点什么吧，可他楞是什么都没说。
我指着他说："成，看我以后再理你丫的。"

事后小混蛋跟我说，小六儿喜欢小丫头，根本不拿你当朋友。
我当真了。

廖俊一边给我擦血，一边问我："那你打他他还手了么？"
"不知道。"
我连自己怎么把他推倒在地又怎么骑在他身上都不记得了哪儿还记得这个？
廖俊说："我看你没什么事儿，身上皮儿都没破，根本不像打架去了。"
她又说："你还那么胖，他还那么瘦，让你的胖爪子拍一掌得多疼啊。"
我噘了嘴，心想廖俊你怎么不站在我这边啊。
她笑着捏我的脸，说："哟，你生气啦。"

那星期又流了两次鼻血，我妈说我是吃酒心巧克力吃的，我怀疑是小六儿闹的，小心眼里满是恨。

68.

我不跟小六儿说话以后，没多久，小丫头的爸妈带她去英国了。
说是去一年。
走之前，小丫头坐在班里哭了一鼻子。
又是好多人劝她，跟她说出国多好啊，哭什么啊。

班车快开到家了，她又哭了。
小六儿跟她说了几句话，她抹着眼泪轻轻地笑起来。

她这一走，学校里也没什么人跟小六儿说话了，除了小混蛋。
他打架，比以前凶狠。
我常看他一个人走来走去，偶尔看见他抽烟。

他养了一只野猫。
那只猫看见他放学回来，会沿着房顶跟着他回家。
到了家，小六儿跟他妈打个招呼，拿个小破锅在院里煮猫鱼，
煮好了盛在小盆里放在树底下，那只猫环顾四周特慢地爬下来，吃。

这猫，奇难看无比，杂毛到五颜六色的地步。
又非常瘦，眼神凶恶，一点都不可爱，怎么看怎么让人不舒服。

廖俊她弟最恨小六儿在院里煮猫鱼的阵阵鱼腥味。
每天闻见了就要吵，小六儿也不搭理他，还是天天煮。
他不能把小六儿怎么样，只敢趁小六儿不在拿扫院子的大笤帚打那只猫。

我妈老嘱咐我，让我少碰那只猫，可能有跳蚤。

69.

小丫头走了以后，我们小队少了一个小队长。
没想到老师让我当，发了我一个小队长的一道杠袖标，
一开始，我还特开心。
我都五年级了还为自己当了最小的班干部而乱高兴，
现在想起来真是莫名其妙。

我妈也挺高兴，早上我临出门总会看看我的袖标别好了没有。
她可不知道我一到班里，他们叫我“猪头小队长”笑话我。

那时候的小学都流行盖高楼做校服。
我们学校，楼已经起了大半，开始张罗校服的事儿了。
做校服，每人要交五十多，
我属于特体，还需要服装厂的师傅单量单做，更贵点。

钱，交给我这样的小队长。
每个小队十个人，一共五百多块，现在看来不算什么钱。

可当时我一个月五块钱零用钱还算多的呢。

早上到了班上放下书包开始收钱，到第二节课下课我已经收了三百多，
把钱数了又数，用大手绢包好，放在书包最底下，书包口朝里，塞进位斗，
这才去做操。

下了操，我把书包拽出来，把手伸进去掏手绢包，掏掏掏……
我又沿着书包的内边摸了一遍，摸……
我赶紧把书都倒在桌子上，翻……

五月，我出汗出到衣服湿透。

70.

“这事不能告诉老师，咱们自己抓小偷。”
“大家都把自己书包里的东西翻出来放在桌子上。”
率先倒出了自己的东西。
其他人情愿或者不情愿的，也都把东西倒出来。
不然没法证明自己的清白。

小六儿慢腾腾把自己的东西一点点掏出来放在桌上。
剩他一个了，所有的人都看着他。
他拿东西的速度越来越慢，抬头看着我，想说什么又没出声。

终于有人扑过去把他从位子上拽开，把他的桌子掀翻在地。
他的东西全掉出来。

我的大手绢，夹在语文书和数学作业本之间。

钱被另外的人从他书包里倒出来。

他们把小六儿拽到楼道里，
打他打得理直气壮，下手格外狠。
我拨开几个人，看见小混蛋正靠着墙，笑眯眯地看着。

小六儿没还手，像只虾一样蜷在地上抱着头。
小混蛋说了声“你们这些笨蛋”，走上前去，踩了小六儿好几脚。
我听见他在地上咳嗽。

他们看着他，我也看着他。
他嘴角有血，捂着肚子，爬到墙边儿上，正好靠近教室后面的门，
一只手拉着门把手，想站起来，
他们不让他站起来，总是在他要把自己拉起来的时候拼命踢他，
我站得远远地都听见小六儿的喘气声。

好多女生看不下去回教室了。
也有人看着看着过去帮忙，也动手打人：“让你丫偷！”

小六儿终于放弃了，不再试图站起来，只是把身体搂成一团，缩在那里。

可小混蛋又过去，拽他胳膊，把他拉开，像剥虾皮。
我以为小六儿哭了，可他没有，只是费劲地想从小混蛋手里挣扎出来。

71.

这时候他们叫我："丫偷的可是你收的钱，要不是我们帮你丫把他逮出来，你现在还不定跟哪儿哭呢。"
"过来过来，教训丫两下。"

小混蛋看着我笑，他把小六儿从地上拽起来。
小六儿贴着门站着，看着我。

我当时一点不为丢钱的事情生气了，只觉得害怕，心跳得都快跳不动了。

廖俊问我："你是不是打算一辈子都不跟小六儿说话了？"

"为什么偷我？？"我问他。
他只是看着我，一只眼睛通红，眼底全是血。
"是不是你丫偷的啊？？？"我拽住他的衣领。
我心想我好歹要给你一个机会。
他却很快地说：是。是我。声音特别哑。

我的拳头没有打中小六儿，打在了后门的玻璃上。
玻璃碎了。

我满手是血，喘着粗气看小六儿顺着门出溜儿到地上。
他竟然一脸笑。

72.

我老师吓坏了。赶紧找车把我送到附近医院，
其实大多是划伤，一点不厉害，
一些小玻璃茬子扎在肉里，医生用镊子生往外拔，也没打麻药，
给我疼得哇哇大叫眼泪直流。
等我妈来了，我手上已经缝了三针。
她把我接回家，路上还特意去买了两根雪糕。

那天晚上小六儿家一直黑着灯。
我第二天上学才知道小六儿吐血了。
我被送走以后他一直捂着肚子趴在桌上。
语文老师很生气，叫他起来念课文，
他站起来，翻开书，一张嘴血就喷在书上。

那本书还放在小六儿的位子里，里面有一页全是血，纸都皱了。
我看了一眼，赶紧又把语文书塞回去。

我跟我妈去医院看他，
进了病房，看他妈趴在病床边上睡着了。
小六儿一只手搭在他妈肩膀上，看见我们进来，笑，一只眼睛是血红的。

我妈小声说了句话，他妈醒了，满脸倦态。
当时我特怕她说我，她只是笑着给我削了个苹果。

我一直没走到床边上去，站得远远地看着，
小六儿也看着我，没话说。

临走，他妈让我们把带去的水果带回去，说他什么都不能吃，胃里全是血。

后来我妈还要带我去看他，我说要考试了要复习功课写作业，我不去。
再后来，小六儿出院了。我们还是谁都没跟谁说话。

73.

廖俊听我说偷钱那件事，眨巴着眼睛问我：
“他干吗要放在自己书包里呢，
我要是他，肯定藏在一别人找不着的地方。”
“他来不及呗。”我说，“就上操那一会儿。”
“他没去上操啊？”她问。
“去了啊。”我说。
“那他手还真够快的。”廖俊躺在她床上，看着天花板，
小声说，“怎么我觉得不是他呢。”

我跟廖俊说，小六儿可能是气我上次打了他，所以找我别扭。
廖俊说：“是么？他会吗？”

她慢吞吞地说："你要是不理他，他可真一个朋友都没了。"
又好半天以后，"怪可怜的。"

高考以后，几个小学同学忽然说聚聚，都是男生，找了个馆子一起喝酒。
他们都知道我还跟小六儿来往着，但见面从来不提他。
感觉像压根儿没有过这个人。
所说的事儿，也大多是小六儿到班里来之前的那些。
什么一起偷摘桑葚儿啊，养死了几只蚕，种土豆泡白菜花什么的。

喝酒那天，有人觉得自己高考巨失败，
有人跟女朋友掰了，有人压根没上高中，找工作找得直起急，
反正各有各的不顺，喝得一塌糊涂，舌头都大了还互相较劲。
一人拽着另外一个非让他喝不可，对方喝不下了，
他忽然说："早知道你丫没种，那时候就知道你丫没种。"
可话说完以后俩人都愣在那儿，谁也不吱声了。

我上了个厕所，出来看见刚才被拽住的那人在楼道里抽烟。
他看见我，举了举烟，我过去，他递给我一支。
"胖子，你还记得丢钱那事儿么？"
"记得。"我说。
"小六儿是不是跟你说了啊？"他看着我，直勾勾的。
"说什么？"
"他没说？"他看了看玻璃窗外，
自言自语似的，"今天月亮挺圆。"
"他应该说什么？"

他又看着我："那钱，是我们偷的。"

他回到小间，换成我站在那儿抽烟。

我竟然一直以为，是自己宽宏大量，不再跟他计较那些。

74.

小六儿他妈死了以后，他在我家住的那几天，
我们又像以前一样睡一张床，说说笑笑，当什么事儿都没发生。

全家人在一块儿包饺子，我们互相往对方身上抹面粉扔面糊，
最后把我爸惹急了，俩人都挨了骂。
可吃了饺子以后，小六儿说他想回自己家了。
我爸说："你一个人也不是个事儿啊。"

徐大妈来过两三次，问我爸是不是该把小六儿往什么福利机构送，
我爸不知道该怎么好，只说，回头再说吧。
我妈跟我爸悄悄说："当咱们多一孩子先养着呗。不也挺好？"

小六儿笑着说他自个儿一人儿没问题。

第二天等我爸把打碎的那块玻璃安上，他回家去了。
我老想死过人的屋子怪瘆的，都不敢进他们家了。

不知道小六儿夜里害怕不。

还没到春天，我爷爷觉得浑身没劲，每天吃过晚饭就上床躺着去了。
我爸怕他感冒还劝他吃点药，结果他说："吃个屁。不吃！"
夜里我爷爷中风了，昏迷了好几天，把我爸急坏了。

家里一旦有个病人就什么都不一样了。
我妈跟厂里请了假，和我爸俩人日夜轮流去医院看着我爷爷。
可我爷爷醒过来的第一个晚上把我妈赶回了家，
大半夜她敲窗户，跟我爸说："你爸说我不是你们家人，不让我伺候他。"
哭了。
我爸只好重新穿上衣服去医院。

他们跟我爸说，我爷爷以后恐怕是再也站不起来了。

75.

对我来说倒没什么太大的影响，
只是家里爸妈都不在没人做饭，可还落得清净没人烦。
我有时候到廖俊家吃饭，有时候跟小六儿一块儿吃。
我爸煮面总是放进锅里就不管了，最后成了烂糊面，
廖俊她妈又太着急，煮出来经常夹生。
小六儿做得比他们都好，光拌上酱油加少许醋就能特好吃。

没钱。
小六儿到菜市上去捡了鱼肠鱼肚鱼鳔煮鱼腥汤，
拌上剩面条，给那只野猫吃。

我们端着碗，看那只猫在我们旁边也吃得稀里呼噜的。

晚上家里没人，我把小六儿拽到我们家睡觉。

我和小六儿从来不说那些难过的事儿：
不提他妈他爸，不提小混蛋，到后来也一直这样。
我们说的，比如吃的，玩意儿，以后想干什么之类的，
偶尔也说廖俊和小丫头。
“你喜欢她啊？”我问小六儿。
“没有。她人挺好的。”他说，“可是太娇气，老哭。”
那时候小六儿想以后当小学校长，我想当警察。

我们一觉睡醒，看见收债的站在小六儿家门口。

76.

收债的笑着说：“小六儿，还没吃早饭吧。叔叔带你吃去？”
小六儿深吸了口气，跟着他走了。

廖俊她妈炖了鲫鱼汤，装在保温瓶里，叫我带她一块儿去医院看我爷爷。

我一点都不想去。
我爷爷住在八个人一大间的病房，其他七个也都是脑血栓中风的老头，
我上次去，看他们口眼歪斜，听他们咿咿啊啊大叫。
爷爷算是情况最好的，只是不能下床，他总闭着眼，瘪着嘴，什么都不说。
我一直到回家，耳边都是他们的叫声。
我宁可死，也不要这么老着活下去。

去医院的路上，开始下雪，其实马上要到春天了，
雪下到地上就化了，弄得湿嗒嗒泥乎乎。
整个北京都像刚从大泥坑里提溜出来似的。

我爷爷还是打心眼里不愿意我妈照顾他，
上厕所一类的，不到憋不住了绝不张口。
我妈也没办法，只是费劲吧啦地尽全力照顾他，
俩眼圈都黑黑的，人也瘦了。
我爷爷跟我爸说："你也让她多歇歇，唉。"

家里没钱，我爷爷以前也是警察，但老公安看病报销也得排队。
不定什么时候才能报上，
我爸把家里那点积蓄都捣腾出来，勉强对付着住院买药这些花销，
一脑门子官司，抬头纹都比以前深了好多。

回家的路上，廖俊他妈跟我说：
"胖子啊，你看你爸妈这么累，你跟家可得听话。"

77.

一进院，我看见小六儿在树下挖坑，
凑过去：“玩什么呢？”
他什么工具都没用，手上全是泥和血。

猫死了，被勒死的。
咬着半截舌头，血从嘴里流下来，眼睛暴突，直勾勾向上翻着，
表情特别扭曲恐怖，
身上沾了雪水，毛都贴着身体，显得更瘦。

我只站着，心里堵得慌，不知说什么好。
小六儿把猫埋了，
还把本来准备好的鱼杂碎放在喂猫的沙丁鱼罐头盒里也埋在地下。

我们看着那个土堆，站了好一会儿。
小六儿突然回屋拿了把菜刀往外走。
我回过神儿来去追他，他冲我嚷：“别过来。”
“你要干吗啊这是？”
他也不回答，转身就跑。

我追不上他，跑得呼哧呼哧地没了劲儿，只能站着喘。

那天我爸买了只活鸡，拴在自行车把上骑回家。
我正满头大汗地上气不接下气在胡同里往前跑。

“胖子，锻炼身体啊你?”
我急得话都说不出来，只能磕磕巴巴地说:
“小…… 小六儿他 …… 他拿着菜刀 ……”

我爸都没来得及把鸡给解下来。

78.

我爸看见小六儿就捏了闸，车在雪水地上打滑，差点摔一跟头，
鸡是摔在地上了，咯咯咯一通乱叫。

小混蛋靠着墙缩着，拿着菜刀对着小六儿。
我爸过去直接抽了他一大嘴巴，把刀打在地上，
小混蛋像鸡一样大叫:“丫非让我砍他，凭什么打我啊!”

先头，小六儿跟小混蛋说:你不是想我死么，今儿就把我砍死。
“刀给你。”他说。
小混蛋眨着肉眼看着他:“你丫今儿是怎么了，吃耗子药啦?”
可他被小六儿瞪着，心里也害怕，直往后退。
他跟我爸说，小六儿那样儿像非死不可，拿刀的手脏不啦叽净是血。
“你说丫是不是疯了。真是……”他揉着自己的脸。

小混蛋还不知道小六儿他妈已经死了。
倒是不久前他奶奶去世了，他妈不得不从深圳过来，准备把他接过去。

小混蛋说：“以后就要死在南方了，真不甘心。”他吸溜着鼻涕。

他后来被人拿刀砍死了，还是在北京街上，不到20岁。

79.

小六儿帮我爸拿着那只鸡，我爸攥着菜刀，俩人走回来。
他问我爸：“我爸杀没杀人？”
我爸说：“不知道。”
小六儿自言自语似的说：“我只想知道他杀人了没有。”
我爸说：“无论如何，他都是你爸。这个最重要。”
“我这样是不是活该？”
我爸不知道说什么才好。

我妈说，她曾经问小六儿，恨不恨他妈自杀了不管他。
这种问题，也只有我妈这种直肠子问得出口。
小六儿说他不恨，可是不明白他爸回来了，为什么不来看看自己。
我妈不知道说什么才好。

80.

他们都不知道小六儿中煤气是他自己弄的。
只有我知道他那天是真的想死来着。

下午我爷爷出院，我爸妈都去医院接他。
没多久，收债的带了另外一个男的来，又把小六儿叫走了。

我又是一人儿在家。

傍晚，小六儿从外面回来，脸色惨白。
我说："你去哪儿啦？"
他对着水管子漱口，反倒吐了，
只是肚子里没什么东西，吐出来的都是酸水。
"怎么了你这是？"我问他。
"没事。"他看着我。
他从裤兜里掏出他永远带在身上的"波斯眼儿"塞在我手里。
他说："胖子，我从你们家拿块煤。"
"拿吧。"
我很诧异，那时候好多人家已经把屋里的炉子灭了，烟囱也拆了。

小六儿拿了煤回屋，还把门插上，完全不理我。
我攥着那个弹球。

81.

我爸把他从屋里抱出来，小六儿脉都停了，
大伙儿都急得不成，还是廖俊按照她学校里教的方法给他急救。
他睁开眼看看，好像睡觉没睡醒。

我爸长吁一口气。
他又睡了。

晚上我妈烧了热水，拎了倒进木盆，让我去把小六儿叫起来要给他洗洗。
我站在凳子上，够着上下床的上铺，拍他。
他还是迷迷糊糊。
我爷爷在下床躺着呢，我小声问小六儿："你丫是不是想死来着？"
他不说话，眨着眼睛。
我把那个弹球掏出来，又塞回他手里，使劲捏紧他的手指让他握住。
"你可别死……"我说，鼻头忽然一酸，"你要是死了……我就没朋友了。"
我立刻从椅子上爬下来，坐在那儿呆了半天，才止住鼻尖的酸劲儿。

我以前从来没想过死是怎么一回事。
我亲妈不在了，我也没为这事儿觉得特难过，没了就没了吧。
可小六儿他妈死，我忽然担心我妈要不在了可怎么办。
我想我跟我爷爷，得一直吃我爸煮的面条；
我爸，他会跟以前一样一回家就喝酒。
我看着廖俊一次次往小六儿嘴里吹气，有一瞬间觉得，他死定了。
那时候完全不是难过，而是气愤，特别生气，我甚至特想上去打他一顿。
怎么连你都不要我了？

我妈要给小六儿洗澡，
可他说："我自己洗就成。"不肯脱衣服。
我爸说："害什么臊啊你。打今儿起，咱们是一家人。"
……小六儿身上，从脖子到胸口，有好多红红紫紫的小斑块。

我爸吼着问他："谁弄的？？"眼睛瞪得极圆。
我和我妈都给吓得一哆嗦。

后来，我们上六年级的时候，特流行在自己胳膊上嘬出好多小血块，
小六儿身上的，类似那种。

第二天，我爸把收债的和那天那个男的都弄到派出所拘了起来，
据说还把他们都打了，打得大概挺严重。
为这事儿，我爸受了处分，扣了整个季度的奖金。
所长以前跟着我爷爷干过，碍着这点情面，软硬兼施把这事儿压下去了。
他让我爸写检查，可我爸愣是不写。
他特意来我家借着看我爷爷数落我爸：
"您是老警察，该明白，什么事儿都得靠法。"
我爷爷躺在床上，嘿嘿地笑着说：
"你当警察这么多年，也该明白，法是靠不住的。嘿嘿。"

生活不是理想，不能幻想

害羞又潜藏着欲望的一张脸

自由仍然是猎人与猎物之间的一种距离

也不过就是生不如死

钱，我的梦里全是钱

我的梦里只有你，你的梦里全是别人

你不能捂暖我的手脚啊

长时间在床上，抵抗

一旦偏离轨道，就只能一直向前跑，错过一个个出口直到死

你不知道自己要什么，别说自己没机会

82.

中过煤气之后，小六儿几乎是随时随地睡去。
吃饭、洗澡、走路、玩，他揉揉眼睛，说，想睡。
蜷在墙角，或者往椅子上甚至地下一坐，就睡了。
叫是叫不醒的，只能等他自己醒过来，时间不长，十到二十分钟不等。

本来大家都觉得他像他妈刚死的时候那样，慢慢就好了。
可过了两个礼拜，一点儿改善都没有。

我妈带他去医院。
医生说，小孩睡睡觉有什么稀奇的。
结果小六儿出了诊室跟我妈说大概要睡着了，
坐在走廊旁边的椅子上，很快真的睡了。
我妈冲进门诊室，把医生拽出来，让他看：
“我从你那儿出来刚几分钟啊，你看，正常小孩儿有这样的么？”
他们把犯迷瞪的小六儿从椅子上揪起来，检查了身体，也不见哪儿不对。
医生说，恐怕是脑子里的毛病，要不做个CT、核磁共振？
我爷爷中风之后做过CT，我妈知道价钱不便宜。
她问医生那个什么共振要多少钱啊。

……

小六儿跟她说："反正我又死不了，睡就睡呗。管它呢。"

小六儿说，想睡的时候，好像当头挨了一闷棍，也不做梦。什么都不知道。
"睡着不想醒，醒了还觉得特失望。"

83.

收债的还来过两次，总是跟门口踅摸半天，
看清楚我爸自行车没放在门道那儿，这才敢进院。

他老是拽着小六儿说借条借条，还剩多少钱没还这些屁话。
有次正好我爸回来，给撞见了。
收债的立刻冲到院外，在门外头跳着脚嚷嚷：
"死警察，你丫有种当街打我啊。"
"欠债还钱！理所应当！"
说完这两句撒腿就跑。

小六儿他妈欠的债，还剩下四万多。
可我爸为了给我爷爷看病，还欠了哥们儿几千块钱不知道怎么打发呢。
小六儿的事儿最后该怎么办，我爸也不知道。
那天他又喝了好多酒，完全醉了，半夜还吐了两次。

84.

我爷爷是早年被革职的警察。
他放了一个犯人，
其实这也不是放，而是俩人约好：犯人回家看一眼，即刻回来。
可这人回家以后杀了自己的孩子和老婆，最后自杀了。
这件事儿的来龙去脉我爸也不清楚，
只是爷爷灰溜溜退下来，
我爸在所里别扭了好几年，不得不比别人更卖力更尽心。

有天晚上，我爷爷觉也不睡，唠叨这件事唠叨了好久。
我和小六儿躺在床上听他说，也不知道他到底什么意思。

那人的孩子得了病，
国内治不了，用进口药顶着，只能保命，花钱如流水，
为了治病欠了一屁股债，他去偷去抢，想尽要命的办法凑钱。
他觉着自己被抓了跟牢里出不来，老婆在外面也没好日子过，
于是下了狠手。
我爷爷说，他孩子那病，没过两年就能治了。
如果当时熬过来，现在也不知道什么样儿了。
大概，缓缓，日子能过得挺好吧。

那人的爸爸是我爷爷的老朋友，死在朝鲜战场上之前曾经嘱咐我爷爷，
家里孩子要出生了，肯定是个儿子，你得帮我好好照看。

夜里，小六儿一边做梦一边哭，哭出声来那种，
我费了好大劲才把他推醒。
他梦见他爸跟他妈在前头走，他跟着他们，
可他们越走越快，他不得不开始小跑，到后来小跑变快跑，
想拉他妈的手，可那只手是滑的，怎么也抓不住；
小六儿又去拽他爸，他爸不让他拽，一个劲儿轰他赶他走……

虽然再没哭出声，他的眼泪却好像止不住一样，连睡着了都一直流。
自打他中了煤气以后，他睡觉就不再靠着我胳膊了，而是自己缩起来。
我碰着他，他会缩得更紧。

85.

东四几乎每条胡同里都得有一个傻子或疯子，
都得有几个特别凶的老头老太太。
我们院就住着一位让人害怕的老太太。

祁老太太长得不怪，可她从来不正眼看人，不笑总是绷着脸。
这个院子以前都是她家的，她出嫁以后，家道败落，
她爸卖了前院的几间厢房给了我太爷。
解放以后，政策又改了，才前前后后住进来好多人。
但祁老太太住的是正房，比这院子里其他人家都宽敞。
家里就她一人儿，
解放前，她丈夫娶了小，带着她儿子去了台湾，据说她儿子现在在美国。

她给儿子写过信，那时候她眼睛还能看清，可一封回信都没收到。

在她那几间房门口竖了一道竹杆篱笆，里面围了个小园子，种了丝瓜葡萄，
还有好多花，牡丹月季什么的。
以前，丝瓜要是长出了她的园子，我还有廖凯会揪下来拿回家去。
祁老太太无数次站在院里骂，也没人理她。
到后来，还没等丝瓜结上，她就干脆把藤条剪了。
我们只好拆了几条竹杆子爬进去偷葡萄吃，没少挨打。
她有一个硬木头的金属头拐杖，给她打两下得龇牙咧嘴叫唤半天。

收债的第三次来，祁老太太像个幽灵一样无声无息从屋里钻出来，
把他叫过去说了半天话。

86.

祁老太太到底有多少钱呢？谁也不知道。
传说她屋里有个大檀木或者楠木——从来没听清楚过——盒子，
里面全是金条。
可她人很小气，比如，一直站在菜市场卖鱼的摊子边上等着，
等刚死了翻上来的鱼，好少算几毛钱；
她脾气还坏，换煤气从来都是让廖俊他爸帮忙，从来不说谢谢也不给钱，
还因为位置放得不对把廖俊他爸说了一顿。

她给了收债的四万块钱，把那张借条要了回来。

条件是小六儿要照顾她到她死。

我爸说："这哪儿成，买卖人口啊？"
"有什么不成，他一人儿，我也一人儿。
我一寡老太太能把他怎么着啊，只要我活着就给他吃穿供他上学。"
祁老太太特别坚决。
小六儿和他妈刚进院住那会儿，她也这副特坚定的表情到我家来，
跟我爸说理："那房子没人住，也是我的房子。
你哪儿能说让谁住就让谁住啊？"

小六儿没说不愿意去，还笑着劝我妈放宽心。
我猜他还是担心会被送到孤儿院那类地方去。
我们谁都不知道孤儿院什么样，
固执地以为变成孤儿是件特恐怖的事儿，
大概是小时候三毛流浪记之类的看多了。
后来有讲儿童村的电视剧，似乎还不错，至少有国家养着，不用为钱操心。

"无论和谁在一起，都好过自己一人儿。"小六儿说。

87.

从那时候开始到祁老太太去世，又是三年多。
这三年，大概是我们生活中最相安无事的三年。
至少大家生活都正常。

该上学的上学，该谈朋友的谈朋友，我们都一天天长高长大。

想想看，都觉得安静得不得了。

小学升初中那阵子一直盛传说要取消考试，大家就近入学。
可到最后我们还是考试了。

我爸一心希望我能上个好点的学校，别去“大拨轰”的那种，往后上大学。
我跟他说我想当警察，片儿警都成。
他说：“当警察有什么好。你看看我，你看看你爷爷。现在还不是这样么？”
这往前，除非我爸喝多了，我们没吵过架。
可从那天开始，我们连吵了一礼拜。

我爸把门一插，把我妈锁外头省得她瞎搀和。我们对骂，群情激愤。
我妈跟门口站着，不停敲窗户往里看，
嚷嚷：“你们俩干吗啊，有话好好说。”

小六儿老劝我：“甭跟你爸争了，以后的事儿谁知道呢。
兴许你自个儿就不想当警察了。”

那时候我还是个胖子，我见过的警察都跟我爸似的，
偏瘦，脸色蜡黄，
手指被烟熏得发棕，全是青筋。

人家说，男孩子小的时候会有一阵子制服幻想，

比如想当消防员，飞行员，当兵，或者警察，
觉得他们勇敢，特厉害，还特飒。
可我爸他们可一点儿不厉害，不帅。
我这是中的哪门子邪，较什么劲啊。

88.

我爸给我第一志愿报了一区重点。
我成绩很一般，要是考上，也是瞎猫碰上死耗子。
第二志愿报了一个二类校，其实没什么用。
对我们来说，如果考不上第一志愿，只有“大拨轰”这一条路。

廖俊还说，如果我真能上了重点，她就请我到东四路口的肯德基去吃一顿。
那时候全北京也没几家肯德基，
到礼拜天，东四那家门口能排起好几条长队。
我妈看人家排队，自己也去排，可到了收银台前，抬头看了墙上的价目牌，
什么都没买灰头土脸地回来了。
她说：“那点鸡块要那么多钱？有那闲钱还不如给胖子多买点肘子呢。”

我的考分只比区重点的分数线低一分。
我爸第一次为了我去求人，还背着我不让我知道。
小学教导主任跟他说自己和区重点中学的人有点关系，
但要我爸帮忙把他一个亲戚的户口给调回北京。

我爸过了一个低三下四的夏天，
户口的事办妥了，我却和小六儿一起收到了“流氓”学校的录取通知。

开学之前，我爸喝醉了一次，弄得我妈好几天不搭理他。
他只陪着小心，刷碗墩地抢着干，假装老实，
为我上学，给我把以前我爷爷骑的二八车给拾掇好了。

廖俊还是带我去吃了一顿肯德基，可我没吃饱，在胡同口又买了俩烧饼。
我带了四个鸡翅回家，俩给了我爷爷，俩给了小六儿。
小六儿晚上热饭放在蒸锅里一起热了，可都给祁老太太吃了。
我翻了个白眼说：“我这可是好心给你带的。”
小六儿笑着说：“谁吃不是吃啊。”

祁老太太一边吃一边说不好吃，太油，一蒸，皮儿也不酥了，
可还是伸手去拿剩下那个。

89.

我上初中第一天，坐在教室里，看人乱哄哄地收钱，发课本，
也没觉得这个学校有什么不一样。
中间去上了个厕所，里面站着三个高年级的，靠着打开的窗户抽烟。
他们看我，只用眼角，满是凶光。
小便池的墙上用圆珠笔写满了脏话，画了女人的裸体。

我们年级集合了周围好几个小学的学生，主要还都是住东四这边的。
大多都认识，不知道名字的也脸儿熟。
按照成绩分成五个班，像我分在一班。
五班主要是成绩特别差或者以前特别闹的学生，班主任是全校最凶的老师。
小六儿被分在那个班，因为以前打架受过处分，操行评语里把他写得很差。

他上课睡觉，老师拽着他耳朵给拽到楼道里。
我下体育课回来看见他坐在地上抱着腿睡着，拍他脑袋。
他迷迷糊糊睁开眼，笑了一下，又趴下继续睡。

小丫头从国外回来，也参加了考试，还考上一个市重点。
我们周二下午只上一节课，剩下时间老师们党员学习什么的。
小六儿骑我的车去市重点找小丫头，不知道他们鬼鬼祟祟地都干些什么。哼。

90.

谁都不知道祁老太太没多少钱。
每个人都觉得她应该挺有钱的，至少不为了这个操心。
她要是没钱，何必一下拿出那么多钱来替小六儿还债呢。

传说"文革"刚开始那会儿，她在枣树底下挖了个洞把所有的宝贝都埋起来。
一拿出来，每件都可以换好多好多的钱。

可小六儿说："狗屁。老太太根本没什么钱。"

“不是有个金条木盒子么？”
“全是以前的信和照片。”他说。

祁老太太写一手好字，解放后在少年宫当过老师，
后来也教过老年学习班，在国子监那边上课，
我爷爷还去听过几次，为这个专门买了一大卷子便宜宣纸，一套假湖笔。
再往后，她不能写字了，手抖得厉害。

那四万块钱是她全部的积蓄。
给了收债的，她和小六儿只能靠从少年宫拿的那点退休金，
还是有点艰难。

小六儿打台球，
在东四工人文化宫院儿里，
沿着一个铁楼梯上去，有个写着“台球”二字的牌子，晚上也闪着霓虹。
我从来没进去过，常常看着他进去。

他笑着说：“这是命啊，我爸赌钱，我赌球。”
我猜他打得挺好，经常赢钱，请我喝可口可乐，冰的，比北冰洋高级。
只是每次从台球厅里出来他老是浑身烟味。
他也抽很多烟，才十三岁，我们。
他说不抽烟就老想睡觉。
打球的时候，没人耐心等你睡醒，睡着了就算他输了。

91.

我在学校里也不好过。
学习不是特好，
别看一破学校，更是什么考试都要年级排名，
动不动开家长会，大红榜贴在楼道里。

另外，我们班的学生总受小六儿那个班同学的欺负。
不仅如此，其他年级的也全都看不上低年级的。
大部分同学都被劫过钱和物。
有个有钱的同学，新Nike穿了第一天，回家路上就让人给扒下来了。

我在厕所里遇见两个高年级的在抽烟，
看了他们一眼，立刻被顶在墙上照着鼻子打了一拳。
小六儿看见我，我正整个脸都肿了。鼻子周围都青了。
他笑着说："胖就是好，这样都看不出来。"
不过他还是用厕所里的揣子跟那俩人干了一架，
其中一个一脚跌进小便池里，显得特逗。
我和小六儿边看着他笑边跑。

我俩都不知道这俩人是学校数一数二的人物，是校园团伙的老大。
于是我们受到了一系列的袭击，又反抗，再挨打，再反抗。
如此这般，到最后小六儿认识了一大堆他们的人，我们也安全了。
他还跟其中一个外号叫石头的家伙特别好。

92.

小六儿没自行车，常常坐在石头的车前梁上四处跑。
石头在我爸他们派出所是挂了名儿的，
曾经在景山公园里跟别的学校的打群架用瓜刀砍过人。
还没打起来就被巡查的发现了，没出人命，没造成重大流血事件，
大半的人被抓回派出所关了一宿。

我爸担心小六儿跟着石头学坏，回头再惹点什么事儿，
跟小六儿说了好几回，他都笑嘻嘻的，
第二天又坐在石头的车梁上从我爸面前经过。

石头是那种粗人，野得很，骂所有人，口头禅是“操你妈”。
我从来没看他把衬衫的头俩扣子扣上，校服上衣的拉链从不拉上。
跟人说话声音都像是从鼻腔里发出来的，只用眼角看人。
可对小六儿就不是这样，那种感觉特微妙，
大概算温柔吧。他还常笑。

好多人都看出石头喜欢小六儿。

“他喜欢你吧？”我说。
又是冬天了。我们躺在我的上铺床上。
小六儿全身都缩在被子里，只剩下鼻尖往上的半张脸。
“不知道。”
“是人都看得出来。真变态。”

“他有女朋友。”小六儿说，又迅速把嘴巴藏到被子里。
我说：“你靠我身上就不冷了。”
我在被子里能热出汗来，
他像个冰坨子，手脚嘣儿凉，攥着我一条胳膊，
一会儿我胳膊都变凉了他还没缓过来。

祁老太太不让小六儿在她屋里过夜。
每天早上起来叫“六儿”“六儿”。
小六儿跑去给她倒尿盆，熬稀饭。
我妈老怕臭老太太欺负他，只要他俩一说话，我妈就竖着耳朵听。
他们还真是老吵架。
祁老太太骂小六儿“你个臭要饭的”，小六儿也说她“老不死的”。
我妈好几次想出去说理，
我爸拽住她：“俩人斗嘴玩儿呢，你甭管这闲事儿了。”

93.

石头的女朋友叫柴火，不是说她瘦，是一点就着，火儿特大的意思。
当初石头拿瓜刀跟人对砍，她为石头挡了一刀，
伤不能算重，在眼角划了一口子。
她个儿特小，穿上半高跟儿比石头肩膀还矮半头，
烫着港式大卷儿头，刷着黑漆漆的睫毛膏，
用别针把过膝裙子弄成只能盖住内裤那么短。
一张嘴说话就“你丫”，习惯动作是比中指。
她干得最出名的事儿是狠踢了一个喜欢石头的女生的小肚子，

那女生跟医院住了一礼拜。

我还记得她站在胡同里拽着石头哭，
哭得脸都花了，眼眶流下来的黑汤子在脸上画出俩大粗道子，
说不出是滑稽还是可怜。

石头把她拽着自己的手掰下去，骑车要走，
还没蹬起来，又被柴火拽住，
他使劲蹬，把柴火也推倒。
她腿磕破了，爬起来，站在胡同里咬嘴唇，直到浓稠的血浆全黏在小腿上。

爱是什么？
是对另一个人莫名其妙的死心眼。
我们当时都有点犯病。

我喜欢廖俊，
柴火喜欢石头，石头喜欢小六儿，
小丫头一定也喜欢小六儿。

石头把我的车胎给扎了，为了不让小六儿去看小丫头。
那天下大雨，小六儿一直走到小丫头的学校。
他没有伞，一直淋雨。
小丫头一直打着伞站在她校门口等他。

要是没有以后的事情，人人各归其主，谈自己该谈的那份感情，
万事太平。

94.

十四岁的某天，那天特热。
我去找廖俊，她的房门虚掩着，
我“砰”地推门进去，
尴尬，如同劣制电影场景：廖俊没穿上衣，连胸罩都没有。
嘴里叼着大发卡，一手攥着梳子一手握着头发。
她没说话，看看我，用握梳子的手指了下门。
我把门关上，其实我应该走出去，可我站在那儿看着她。
她背过身去看着镜子，继续梳头。
她把头梳好，摘干净身上的头发，在镜子里看了又看。
我看着她的背，又看她镜子里的胸。

她的胸脯特别白。

她转身看着我。
我脸红了，满脑子都想着她的白胸脯。

那天我跟小六儿说，我摸廖俊来着。
“摸手啊？”
“不是不是……”我一想手就忍不住直抖，跟祁老太太似的，
“乳房！”这俩字我刚费老大劲才想出来。

小六儿说：“是么？”
他正拿大盆给祁老太太洗衣服，坐在小板凳上，

一点都不感兴趣，让我失望，
我希望他瞪着眼睛特惊讶地问我细节。
可没有。
他抬起头来，我正准备继续说点什么，嘴都张开了。
我要说：是廖俊自个儿让我摸的。
他在短裤上擦擦手，说：
“胖子，喝绿豆汤么？”

95.

那个夏天，祁老太太的身体变差了。
好长时间下不了床，吃喝拉屉屉都得在床上解决。
她心里难过，不愿见人。
我妈去看过她好几回，有的事儿小六儿也不知道怎么办，只能把我妈叫去。
祁老太太有时特生气把我妈从屋里轰出去，
有时候又拉着我妈的手，什么都不说，一直哭。

治病花了好多钱。

我爸有天忽然问我：“小六儿哪儿来的钱啊？”
“不知道。”我说，“祁老太太的吧？”

小六儿送祁老太太去医院，住了俩礼拜。
不是指定的医院，少年宫拖着不给报销药费。

他还常买回点挺贵的药，或者吃的，鸡汤都煮过好几次了。
被我爸撞见了两回。

我爸担心他又去借钱，也知道他要是真借了高利贷肯定不会吱声。

我问小六儿钱哪儿来的。
他说："我找了一钱袋。"笑着。

生活不是理想，不能幻想

害羞又潜藏着欲望的一张脸

自由仍然是猎人与猎物之间的一种距离

也不过就是生不如死

钱，我的梦里全是钱

我的梦里只有你，你的梦里全是别人

你不能捂暖我的手脚啊

长时间在床上，抵抗

96.

我们搬家以后，廖俊在街上遇见我，根本认不出来。
我鼓足勇气走过去，撞到她，
她一晃，手里的袋子唏里哗啦掉在地上。
她弯着腰，看看地上的东西，看看自己的鞋子和裙子，
我看她的头发都知道她生气了。
她抬头，拧着眉毛瞪着我。
我闭着嘴，站着，看她。
我想我数三下，如果她认不出我来，我立刻蹲下给她捡东西，
决不多说一句话。

一、二……

……

我等着她想起来都等怕了。
她轻声说："你怎么变这么瘦了啊。"那声音是软的，她笑，"胖子。"

97.

那种笑，和她以前对我露出的笑容都不一样，
她眼里的我已经不是个小男孩儿了。

我盯着她，目不转睛，可是没话说。
她问我现在上学好不好，学习怎么样，
笑着，拉我的手，我的脸逐渐红了。

廖俊她妈经常跟我妈一块儿去公园或者逛街什么的。
俩人一待好几个小时，一个劲儿地聊各自孩子这些事。
我的事儿，似乎廖俊全知道，可她的，我却一点儿都不了解。
只是她穿金戴银，一看就活得不错，至少相当体面。
她说："胖子，想吃什么，我带你吃去。"

十二岁我坐在肯德基跟她吃饭，
我心里想她现在请我吃饭，以后我要带她去北京最贵的饭馆。一定的。

后来我们躺在北京饭店的床上，打开窗帘就能看见故宫。
她看着我，呵呵地笑，跟我说眼前故宫的东华门是给嫔妃送葬的。
我坐起来看看又躺下，又坐起来，又躺下。
床是软的，她躺着的身体也跟着床上下起伏。
打卷的头发四散在她脸颊周围，只看得到她眨着眼睛，睫毛长长。
她说："我早晚会为今天后悔。"
"不会的。"我说。

即使她后悔了，我也不知道。

98.

我心里头准备了好几套话跟小六儿交代我和廖俊那点儿事儿。
我一定要让他猜，他一定猜不着。
我像是个守不住秘密的小姑娘，非得告诉一人，心里才能踏实。

见着他我就说，我遇着好事儿了。你猜是什么?
还没一秒钟的间隙，他说：“你遇见廖俊了。”
“你怎么知道的?”
“你已经不是处子之身了吧?”
“操，你丫跟踪我。”
他嘿嘿地笑：“我还不知道你? 一脸破处之后的淫邪相。”
“滚!”我说。

他先是靠在我床沿上，
后来干脆脱了鞋爬爬爬，靠着墙伸直了腿儿特舒坦地坐着，
没多久终于趴下了。

我妈勒令小六儿每星期都得回家报到。
他怕见我爸，回回都先打电话来，问清了我爸值班，这才过来。
我爸也知道他来，一到家先问我妈：“看着怎么样?”
我妈说：“挺好。”

小六儿躺着，抱着我的枕头，问我："感觉好吗？"
"跟想象的不太一样。"我笑着说。
"真不害臊你，我不问了。"他也笑。

我们是从来不谈性的。我差点忘了。

99.

小六儿一回来，就是他做饭。
我、我妈跟他，仨人一起吃一顿，总是五六个菜，颇丰盛的样子。
我虽然比以前瘦很多，可特能吃。
菜和饭都得事先给我爸留好，不然什么都给我吃光。

我妈特想知道小六儿最近过得好不，有钱花没，和什么样的人在一块儿，
可她又不敢问，
她知道，就算问了，小六儿也不说，说了，也不全是实话。
她只好往他碗里添菜。
我们开着电视，有声儿就不尴尬不冷场了。

她跟我爸说，要是早先能帮他，他也不至于像现在这样了。
我爸从来不接这个话茬。现在说这些有用么。

我妈让我跟他聊天多问问。
可我们也从来不说那些事儿。

固定的话题只有一个，廖俊。

100.

小六儿带我去过一次迪吧，地方不大，弥漫着人的各种味道。
大家挤着跳舞，灯光来回乱晃，好似一堆鬼影重叠乱窜，
特别吵，说话都得大声嚷嚷。
好多人一直在不停地摇头或者点头，整个身体不自然地前后摇晃，
好像严重的帕金森。

我问小六儿："他们干吗呢？"
"嗯？"
"他 · 们 · 干吗呢？？"
"全吃药了。"
我们已经跳不动了，坐在旁边喝水。
我试图跟着那些摇头的人一起摇，没几下头就晕了。
"你吃过么？"
"吃过一次。"
"好玩么？"
"睡了一天。"小六儿说。
"反正你丫还不是老睡觉么。"

那天到底也没吃成摇头丸，
小六儿说，吃了以后第二天非虚了不可，我一回家我爸就得找他算账，

可我又缠着他，他只好弄来支烟给我抽了。
舌底发苦，脑子里嗡的一声，身体一下软了，整个人都在变轻，变轻。
我眨眼，可费老大劲也还是看不清，眼前的东西都像模糊的老电影。
周围的声音变得又怪又好听。
我只能坐着，觉得自己站不起来，
又很舒坦，像夜里自渎，更像一个喷嚏打通，卸下重担。

“毒啊？”我问他。
“不是，大麻而已。”他说。
我把剩下的半支给他。他抽得比我慢得多。

整晚上我都半晕着，又跳了会儿舞，
小六儿把钥匙留给我，自己跟一个男的走了，
我在小六儿的小屋里呼呼地睡了一觉，中午起来，他已经在厨房做饭了。

后来我和廖俊也去过那个吧，夹在人群中跳舞。
离得那么近，可脸都看不清，声音也听不见。
她忽然搂住我，紧紧地，我在她耳边问：“怎么了？”
“没什么。搂着我吧。”
我站着，拥着她，周围舞动的人不时撞在我们身上。
我听见她的呼吸声，她的胸脯靠在我身上一起一伏。
她的心咚咚地跳着，我都感觉到了。

我找到卖烟给小六儿的人，也买了一支烟，很贵，
他还笑着说，我可已经给你打折了呢。

拿给廖俊抽，她吸了一口，看看那支烟，又看看我，
笑了："你比我以为的要复杂得多。"
"我早不是小孩儿了。"我说。
她很轻地说："是啊，我有时候觉得根本不认识你。"
伸手摸我的脸，显得懒洋洋的，我猜她也正在大麻烟制造的眩晕里。
可她突然哭了，一只手撑在沙发上，一只手捂着脸。

我不知道该怎么办，只能看着她。

"你说她是怎么回事？"我问小六儿。
小六儿只是笑，说："你再过几年大概就明白了。"
我撇撇嘴，说："你跟她都一样，老拿我当小孩儿，以为自己是大人啊。
女人的事儿你也不懂，问你也是白问。"

101.

小丫头读完初中以后，本来考上了不错的高中，
她爸妈还是希望她出国念书，她不得不又去了英国。
上高中的时候，同学之间也会说起读的是哪个小学什么的。
有个女生突然瞪大了眼睛问我认不认识小丫头。
我说认识啊。
她说："她是不是有个特漂亮的男朋友啊，那人现在哪儿呢？"
那时候小六儿早已经被学校开除了。
我只好随口说："也上学呢呗，还能干吗。"

她说她跟小丫头关系特好，现在还老通信，
说小丫头老提起这个人，胡同拆了也不知道他在什么地方，
这么断了联系，心里怪难过的。
我说："那你让她写信呗。寄到学校来，我带给他。"
女生笑着说："你不是想偷看人家情书吧？"
"狗屁。"

我想那俩人也没什么可说的，可后来每两周都有封信来，一直联系着。
我问小六儿："你们俩都说什么啊？"
他嘿嘿地笑："我们侃人生谈未来讲理想啊。"
"你可别骗人家。"
"那我怎么办。我跟她说我现在卖身啊？"
"我是说她是天真小女生你别欺骗人家感情。"
"我已经跟她说我和别人好了。也就这样了吧，没什么新招儿。"
小六儿一边说一边儿往床上趴，"一想这个就累。"

"你喜欢她么？打心眼儿里。"我坐在床边上问他。
他忽然睁开眼看着我："那你喜欢我吗？"
我还没说话。
他说："你对我是什么感情，我对她差不多也是那种。"
他说："别说了。聊点别的吧。"

102.

我上大二时，小六儿被从当时住的地方轰出来。
白天他回家，所有的东西已经被房东放在楼道里，门锁也换过。

晚上，我看见他坐在宿舍楼门口抽烟。
他不打台球之后就不喜欢嘴里有烟味，只有特烦了才抽几支，
抬头看见我，尴尬地笑，
只背了一个双肩背的包，其他东西寄放在干活的酒吧里。

宿舍已经熄灯了。
周围响起同屋的梦话和呼噜。
草草地洗了脸，又是俩人躺在一张上铺上，好像小时候。
可又没什么话。

“我又给你添麻烦了。”他说着，好像有轻轻的笑意。
我说：“要是没有以前那些事儿，不知道你现在会干什么呢。”
“也上学吧。”小六儿说。
“想学什么？”
“学文吧。学不用算数，也不用费劲，最好也不能挣钱的学问。”
“能来钱还不好？”
他笑，说：“我现在干的还不是来钱最快的么。”
“干点别的吧。”我说，“这样我爸也能放心了。”
小六儿不说话了。

隔了好长时间，他忽然说：
“小丫头信里说她要回来，我还不知道该怎么办呢。”

103.

第二天我醒了，看小六儿脸发红，摸摸他额头，发烧了，
想他一时半会儿不会醒，我就去上课了。
该死的老师堂堂课都点名。

等我回宿舍，他已经走了，叠了我的被子，洗了我的袜子。
一同屋问我：“那，什么人啊？”
“朋友。”
“哦。”他撇着嘴露出奇怪的笑，点点头。

我一忙，很快把小六儿发烧的事儿给忘了。

那天晚上，我妈做了个梦，梦见碰见好多人。
她问他们看见小六儿了么。为什么问这个呢？
他们个个都反问她，小六儿是谁？谁叫小六儿啊？
可那些人都是老熟人，比如廖俊她爸她妈，
甚至最后问到我爸，只看见一脸茫然。
我妈想问，又问不明白，想解释，又说不清，
梦里猛拽被子，急出一身汗，被我爸叫醒。
我妈说：“小六儿一定出事儿了。”

我爸打了个哈欠，说：
“他能有什么事儿，要被逮起来了我肯定先知道，
甭胡思乱想了，大半夜赶紧睡吧。”

我妈躺着觉着心跳得不成，起来喝了碗水，
开了阳台的窗户吹了半天风，还是静不下来。

周末我回了家，被我妈逼着跟她一块儿去酒吧找小六儿。
费了好大劲才知道小六儿住院了，还是胃出血。

他陪人喝酒，只喝啤酒，
笑着咳嗽，用手一捂，血吐了一手，顺着胳膊流下来。

104.

他躺在病床上，我问他：“你找到住的地儿了么？”
“没有。在医院住着还挺省心的。”他笑。
我妈和医生谈过从外头进来，问：“什么住的地方？”
我俩立马儿不说了。

我妈把小六儿接回家住，让他睡我床上，给他买了好多药。
我爸趁他睡着，进去看了几次，嘱咐我妈做饭要咸淡适合不冷不烫的才好。
小六儿要是醒着，跟我爸俩人安生不了，没几句准得戗起来，
一般是小六儿很快不说话了，可我爸一人儿急半天，发一通火。

没一个礼拜，趁我妈出去买菜，小六儿还是走了。

“我不开溜怎么办，免不了唠叨。”他说。
我说：“你难道铁了心干这个啊？能干一辈子么？”
“你说话跟你老爹一个样儿。”
“这叫关心你丫！”我猜我一严肃也跟我爸一样横眉立目，嗓门倍儿大。

我才知道他试过多少工作。
端过盘子洗过碗，但老板没法忍受他嗜睡的毛病，
洗涤剂把他的整个胳膊都弄过敏了，褪了一层皮。
在发廊给人洗头遇到以前的客人，
他拉着他的手，说：“你什么时候下班啊？我等你。”……

小六儿笑着说：“一个人能干吗，其实早就注定了的。”
那种轻描淡写的态度，让我觉得心里堵得慌。

沉默了几秒，他说：“小丫头下个礼拜到北京。”

105.

她回来之前，在信里问小六儿能不能去机场接她。
她的家人，在北京的只剩下奶奶。
小六儿问我，怎么才能更像学生。
我们在五道口乱窜，

寻找那些看着更像学生的目标，看他们穿什么，让小六儿去一样样试穿。
可他其实挺朴素——挣来的钱大部分都去还债付房租了：
轻便慢跑鞋，牛仔裤，格子衬衫；头发也是短的，微黑的。
即便他换上我的灯心绒长裤和夹克衫，也仍然有什么地方不像学生。

我们俩坐地铁，看车厢里的人，
看他们谁像同性恋，又为什么。
除了那些显露出特别的女性气质的人以外，
还有一些人，他们身上像贴了某种闪光亮片，十分显眼。
他们会注意到小六儿，看看我，又重新盯着他。
可在我看来，小六儿既不女，也不金光乱冒，只是一张脸太惹人注意。
如果他一直不抬头，那些看他的人最后会望着别处，再偷偷看他。
而当他抬起眼睛，
即便是快要睡着迷迷糊糊的，他们也会直直地继续盯着他。

我们决定，买一副眼镜。
宽黑边儿的。
他戴上以后显得傻乎乎的，我和售货员都笑了。

106.

在那几天里，六儿一直想着要不要跟小丫头说实话。
老是不能下决心。
俩人说起话来，还是小时候，对于分开以后的生活都不多谈。

可即便只说小时候，要把那些不怎么愉快的日子都剔掉，
剩下的，大概也没多少了。

他最怕的是走在街上会有不开眼的人跟他搭讪。
好在一直还算顺利，有副眼镜还是管用的。

多事的人知道她回来了，风风火火组织小学同学聚会。
小六儿赶紧对小丫头胡编了个借口逃开，
他在的话，好多人会坐立不安，都会尴尬。

大家就算一辈子再不见面，也不会有什么，
见了面以后却跟一直一直都特惦记对方似的，说一些非常热情的体己话。
我站在那儿都不知不觉被传染，努力回想我们班有多温馨有多团结，
除了我和小丫头，别人像根本不认识小六儿这个人。
这么一想又觉得，什么都是假的。

他们有人开车把以前的数学老师接来。
她竟然都那么老了，背也驼了。
吃午饭，他们让老师坐在小丫头旁边，
老师笑着招呼我："胖子，来，坐我另一边儿。"
我本来以为她都不记得我了。
他们笑着跟她说："他现在瘦了，不能叫胖子了。"
她说："眉眼都没变，笑也没变。我眼里，总是你们小时候。"

吃饭，是一场角力混战。

有喝酒的，非要划拳不可，在老师面前也满不吝；
小时候那点勾心斗角不服气，全甩到酒桌上互相使绊儿。
说是为了小丫头回来，可他们跟她都不熟，
倒是老师还问问她，英国怎么样，生活呢，学习呢。
过会儿，老师转身小声儿问我："你现在还见得着小六儿么？"
"常见啊。"
"我有一次在街上遇见他来着。"她说。
我不知道她要说什么，又怕她要说什么，看看小丫头，她也在听。
"我看他……"她深吸了口气，再没说完。
忽然抬头，说："你们都是好孩子……"自顾自地点点头。
这个"你们"说的是我们三个，还是吵闹的这一堆，不知道。

107.

吃完饭，他们送老师回去了，有人非拉着其他人去唱歌不可。
谁不去就是不给丫面子。
又是闹哄哄的一下午。
身心疲惫。

好容易熬到散场，我跟小丫头，还有另外俩人打一辆车走。
那俩人还唱个没完。
车还没开到家，我们逃命似的下了车。

夜是黑的，俩人拉着长影子慢慢走着。

她低着头，说："他现在，在干什么？"

"上学呗，还能干吗。"

"真的啊？"她看看我。

我没说话。

"有烟吗？你？"她说。

我吓了一跳，从兜里掏出来，给她一支，给她点上。

她抽得很熟练，我看她抽。

"还以为我是乖女孩儿啊？"她笑的样子确实跟以前一个样儿。

我没说话，也拿出根烟来。

她舔舔嘴唇，说："我这几天，只要见着他，就憋着不抽。

想抽的时候还得先找厕所。"又笑。

"我的一个鬼子朋友来北京，

回去以后，我们看他拍的照片。

有一张，他在gay吧里乱拍的……我一下儿就认出来了。"

我们坐在路边。

她吁了口气，说："我还以为，只有我一个人变了呢。"

108.

她去英国不久，参加高中的舞会，

什么人也不认得，战战兢兢。

从会场出来，一个同年级的男生跟上她，

开始挺温和，特绅士地说要开车送她回家，

她上了车，说着说着，事情就变了……
还没来得及发生什么，她拼命跑回家，决定这件事儿谁也不告诉。
可再回到学校，似乎所有人都知道了，而且知道的不是真相。
他们那个地方，刚发生一件事，
一个中国女人引诱了一个老洋鬼子，又去告他强奸，得了一大笔钱。
小丫头的同学们，把她划到“中国女人”这一专有名词里了。

没人理她，看见她却窃窃私语，唯一凑过来的是那个男生，
她决定，既然这样，再也不开口了。
她求着爸妈转了学，
心里很绝望：即使你什么都没做错，也依然会受惩罚。

“有好长时间不出门，不见人，不吃饭。
连自己的父母都怕得不成。看心理医生也没用。
谁都误会我，我自己怎么也解释不清，梦里都是这种感觉。
只有给他写信，假装自己什么事儿都没有，活得好着呢，
那种感觉特好，自个儿也把自个儿蒙了。”
她看看拿烟的手，已经烧到烟蒂了。
我又掏出烟来，她笑着看我说：“还能抽啊？”孩子气地咬着嘴唇。

109.

她说上大学上得很勉强，认识的朋友都是一起接受心理辅导的。
“其实今天我很怕，人一多了受不了。”她说，

“如果不是看了那张照片，我都不敢想回国。”

“也许回来倒感觉好点儿。”我说。

“嗯。”她笑着，摸着自己的长头发，说，“回来之前特意染黑了，

在那儿，我都不愿意人看出我是中国人，当我是越南人都成。

可我不想他认不出我。”

“回来见了他，觉得怎么样？”

她不好意思地笑出声儿来：“觉得……觉得还是他好。

我说什么他都能懂。就……根本不用费劲，那种。

不过那些事儿，我没告诉他。

他也有自己的秘密，扯平了。

但……你不准笑我，……”

“我不笑。”我举着手说。

“即使他，跟信里写的不一样，跟以前也不一样，

即使根本是三个人……

我还是……”她抿着嘴笑。

我赶紧说：“好好好，我知道了我知道了。”

她踢着路上的石子，说：“他跟我说他喜欢男生。

真没办法。”

我笑了。

“我今天跟你说的，你可不能告诉他。”

“好。”

“我不想他觉得我是神经病，到末了什么都成了同情。”她说。

“我明白。”

她看着人行道的地面，一直向前走，
眼里有泪，忍着，好一阵儿说不出话来。
我不知道怎么劝她。

“要能回到以前……多好。”她这么一说，泪珠滴下来。
我站在她身旁，抚她的背：“别哭了，别哭了……”
她抹着眼泪微笑：“我又发神经了。”

110.

小六儿送小丫头去机场，回来以后很累的样子，
我说：“感觉怎么样？旧情复燃，悔不当初吧？”
“没有。”他把眼镜摘了揉眼睛，“她好像过得也不开心啊。”
“她跟你说什么了？”
“没，只是有时候会觉得她好像控制不了自己的情绪，
高兴的话就特高兴，不高兴又说哭就哭了。”
“你惹的？”
“我？哪儿有，一贯哄着她。”
他想了想说，“不能控制的话，大概说明过得不好吧。”
“你能控制，算过得好么？”
他看看我，笑：“那，在你跟前儿，总得控制一下吧。”
把眼镜折起来，收好。

我看着他，想象不出现在的他哭会是什么样子了。

陪他去做胃镜，疼得他笑，把医生都吓一跳："人家都哭，你笑什么呢？"
没法儿办的时候，只剩下笑这最后一条路了。

小六儿上一次失去控制，手里握着刀，浑身都发抖，
我把他顶在门上，从他手里拿下刀来，怎么都弄不下来，
抓他的手使劲往门上砸，把他的手都抠破了。

小六儿趴在我床上，说："又困了。"
"懒猪。"我说。
"小丫头最后跟我说：'我都不是处女了。'"他小声说。
"嗯？"
他笑着："我说：'我也不是了。'"
睡了。

害羞又潜藏着欲望的一张脸

自由仍然是猎人与猎物之间的一种距离

也不过就是生不如死

钱，我的梦里全是钱

我的梦里只有你，你的梦里全是别人

你不能捂暖我的手脚啊

长时间在床上，抵抗

一旦偏离轨道，就只能一直向前跑，错过一个个出口直到死

你不知道自己要什么，[illegible]

111.

小六儿说的“钱袋”，
是曾经跟收债的一起来过我们院，还被我爸打了一顿的那个男的。
那时候，他在东四隆福寺口上有家铺子，卖各种烂七八糟的服装，
逮件什么都告人家这是出口转内销的。
他已经结婚了。
老婆怀了孕，吃得胖乎乎的，
经常坐在铺子里嗑瓜子，性子特急，净看见她跟人吵架，
不过这类人，往往挺顾家的，拿丈夫孩子当回事儿。

小六儿一开始是在浴室里遇见那个人的。
东四附近的，大多都去松竹园洗澡。
我和小六儿是一块儿去的。
他一进去就认出了那个男的，那个人也看见了他。
俩人什么都没说。
我还问小六儿:“他怎么老看你啊?”

小六儿去找他那天，他老婆不在店里，
他正和一小姑娘一块儿看店，一条腿盘着，坐在一个躺椅上抽烟。

小六儿走过去，他腾地站起来。

小六儿小声问他："你还喜欢我吗？"
他没说话。
"我要钱。"
他还没说话。

小六儿看着马路。
过了半天，那人想了个辙把小姑娘支走，
对小六儿说："跟我进来吧。"
关上店门。

店里有个布帘子，挑开帘子，里头还有一间屋，
放的都是货，一直堆到顶上。
紧里头摆着一张床，木板的，铺着张席子，看着挺脏。
他拿了报纸，铺在席子上，又看了看，
从衣服堆里抽出一件衣服，打开塑料袋，是件红色的丝绸睡衣。
他放在床上，摊平，又抽出一件，粉色的丝绸睡衣，又摊平。

他把手放在小六儿的腰上，侧着脸，要亲他的嘴。
小六儿说："烟味。"
他抬头，吁了口气。

中间来了俩顾客，站在店里喊："有人吗？有人没有？人呢？"

完事之后，他坐在床头抽烟。
“给我一根儿。”
他给小六儿点了烟，看他抽。
小六儿说：“头疼。”

那个男人歪嘴叼着烟，用结实的手指摸过小六儿的额头，按在他太阳穴上。
小六儿手里夹着烟，时不时被按得挺疼，微眯着眼，有点皱眉。
“重了？”他问。
“还好。”小六儿说。
“你在这儿睡会儿吧，一时半会儿不会有人来。”
他从板床上爬起来，系好大裤衩的绳子，看着小六儿说。

“还想亲我么？”小六儿说，“反正我嘴里也都是烟味。”

他出了这屋儿，小六儿躺在床上还是觉得头疼，
屋里很热，身上都是黏的，
可很快晕乎乎地听见外面嘁里咔嚓的响动，
那男人掀开帘子，拉了根电线，把外屋的风扇拿进里屋，
尽量放到离小六儿近的地方。
“这屋儿热。”他说完，打开电扇出去了。

小六儿说：“丝绸睡衣，真舒服。呵呵。”
他笑着跟我说这些，好像是别人的事。
抽着烟，微微眯着眼。

112.

每个礼拜，石头总会有一天，有某几个小时找不到小六儿。
他会露出掩饰不住的特别焦躁，见着我立刻就问："看见六儿了么？"
我说，没有。
一会儿又看见我，又问："六儿呢？"

傍晚或者更晚一些的夜里，或者，第二天，他找到小六儿，
会露出强压怒火的样子："你去哪儿了！"
声音倍儿高。
小六儿笑着，好像开玩笑地挑衅："你管我呢。"

我疑心小六儿有点喜欢那个跟他上床的男人。
那人长得不好看啊，不高，顶多172，不会超过175，
有点胖，胳膊腿儿都挺结实的那种，
头发短短硬硬的，朝上刺着。

我们从他店门口经过，小六儿冲他笑笑，他也微笑。
只能看出俩人认识，丝毫没有暧昧的感觉。

好多年以后，我问他，是不是有点喜欢那个人？
他在黑夜里呵呵地笑，说："大概是有点吧。
有一次，他在门口等我，手里拽着两根冰棍，
我去晚了，冰棍化了，水儿一直往下滴答。
一脸傻样，他，见我到了，还把冰棍递过来，一看，才知道化了，

嘴里嘟囔‘怎么搞的这是’，他说：‘那你等着，我再买去。’
人挺可爱的吧。
到冬天，他身上特暖和，跟你似的。
我趴他肚子上，感觉像猫蜷在火炉边上那么舒服。
他还给我搓脚什么的……”
他忽然不说了。

我“嗯”了一声。
“我跟你说这些干吗。不是好事儿。”

其实我觉得挺有意思。
他能遇见好多我恐怕一辈子都遇不见的稀奇古怪的人。
他说那些人对他都挺客气，还没遇见过特变态的，
没人打他，拿烟头烫他，非要把他弄得特不舒服才开心。
还算比较走运。
“我跟你爸说的一样，没骨气。”小六儿在黑暗里笑。

113.

小六儿跟石头说：“他比你强，你能干什么？”
石头气得嘴唇直抖，话都说不出来，脸涨得通红了。

我看小六儿的生气也是装的，他只是想把石头轰走算了。

柴火一直跟着小六儿，看见小六儿跟那个男的在一起。
她跑去跟石头说："他比'鸡'还不如。"
石头一个耳光把她打在地上。

石头也打了小六儿一个耳光。

她坐在地上，单手撑着地，另只手捂着脸，
死盯着石头："你就是剃头挑子一头儿热，还真以为人家在乎你啊？"
眼泪漫上来，堆在涂黑了的眼眶上，她微微眯眼，不让眼泪往下流。
"你个狼心狗肺的，死玻璃。"
她裙子底下的裤头都露出来，仰着头盯着石头。

小六儿只是看着他，笑着说："解气了么？没解气多打两下。"
"你个贱货。"他是恨不得多打几下，手都抬起来。
"我的事儿你别管。"小六儿说。
石头看着他的脸："不就是钱吗？你不就是要钱吗？？"

石头冲到胡同，对面有学生骑车过来，
他横在路中间，一把连人带车都推倒，
对着趴在地上、一脸茫然的人说："钱，拿来。"
这样连着抢了三四个人。

他手里攥着钱，扔在小六儿脸上："这不是钱吗！"

114.

石头是真急了。
他握着一把刀，跑去那个男人家门口，蹲着。
抽着烟等他回来。
屋里没人，全黑着灯。

要是等到后半夜，更冷了，石头说不定就收起凶器回家了。
可他还是撞上了急匆匆回家来的那个男的。
石头二话没说，把跟手里捂得热乎乎的刀子捅进了男人的肉肚子里。

当天晚上，那个男的还在店里算账，
他老婆到店里找他，问他怎么存折上少了些钱，
看他支支吾吾地不回答，哭了，
你是不是在外头找小了？
他还没回答，她肚子一阵乱疼。
赶紧叫了车送到东四医院。

到了医院，老叫唤要生了快生了，可一直生不下来，
夜深了，才说母子平安，他这才松口气，回家拿东西拿钱。
正进院掏钥匙预备开门，一个黑影。一刀子。

我爸到医院去看那个男的，问问情况，一进去大叫一声：“怎么是你？？”
惨遭小护士几多白眼。
根据周围居民和当事人提供的线索，

我爸他们很快就确定了嫌疑犯是石头。
可四处都找不着人。

115.

我爸跟他同事们查了一天，
找了个饭馆喝了不少啤酒吃了很多饺子之后才回家。
小六儿正在祁老太太的栅栏里头对着小炉子熬药。

我爸站在栅栏边儿上，哆嗦着舌头，对着他说：
“你……你……你要看见石……石头，
让他来……来自首……
赶……赶紧的。”

我问小六儿，你要是见着他，会不会让他去啊？
“不知道。”小六儿把烟叼在嘴里，拿抹布垫着倒药，
放下锅，看着药碗，“还不知道往后怎么弄钱呢。”

我觉得小六儿一定知道石头在哪儿。
晚上我躺在床上想，说不定石头正藏在小六儿家屋里，
比如，那张死过人的木床底下。

入冬以后，祁老太太的身体一天比一天糟糕。
最后话也不能说了，喘气都费劲。

只有小六儿知道她睁眼、闭眼是想要什么。
他晚上睡在祁老太太床边的地板上，她一动换，他立刻爬起来伺候她。

他在学校白天一直睡一直睡，几乎没醒的时候，
上操也是，一会儿看他忽然走出队列，他们班主任在后面叫他名字，
他打着哈欠进了楼。

我爸早上披着棉袄到院里刷牙，
叫了一声："操！"立刻回屋儿穿警服去了。
我妈跟厨房说："一大早儿撒癔症啊？"

我出来看见石头跟小六儿家门口蹲着抽烟。
我说："六儿呢？"
"煮面呢。"他笑着说。
"和好了？"我问。
"嗯。"他说，又想了想，说，"没。"

我爸穿着警服在门口喝粥管我妈要咸菜，对着胡噜胡噜吃面条的石头。

116.

石头进了少管所。
他在里头也经常打架惹事，年龄够了以后又转到正式监狱去，待了好几年。

小六儿不去看他，也不写信，
只是每年春节、石头生日，给他寄两包吃的。
大虾酥、酸三色、稻香村的牛舌饼，诸如此类。

有一年，石头打架，被人开了瓢，
小六儿这才说去看他，非拉着我去不可。
我很不情愿，跟小六儿坐了很长时间的车到那个破地方。
下车都没有柏油路，黄土石头地，车开过，一阵阵黄烟乱飞。

我们站在铁门外，给太阳暴晒着，
小六儿往我手里塞了一个小盒，说："你去。"
"啊？你不去啊？？我这可是陪你来的。"我叫。
"算我求你了成不?
你这么好的人，不会拒绝我小小要求吧?"
他双手合十，笑着，又把我往里推。

石头头上贴着一块纱布，看见我，又往我身后张望，
我赶紧挥挥手说："别瞧了，就我一人儿。"
他"哦"了一声才拽椅子坐下。

我把东西给他，还需要别人检查一下，
我才知道里面是块挺小的玉，似乎是佛像，红绳儿穿着，
他反复扒拉着那个盒子，嘟囔："连个字条都没有啊。"
他手上有个疤，很长，由虎口伸到手腕的袖口里头，
我说："你得小心点儿。"

他歪着嘴笑，说："反正也没人心疼。"握着那块玉在手里反复磨蹭。

他看着自己的手，小声问我："他现在还干那个？"

我想了想，没回答。

他也没抬头看我，只是继续问："过得好吗？"

我想了想，说："凑合。"

石头抿了下嘴，腾地站起来，说："你走吧。他跟外边儿等着呢吧。"

117.

我走出去，小六儿正给晒出一脑门子细汗珠，问我："他好么？"

我说："还成，脑袋上有纱布。"

"跟哪儿？"

我指给他看。

"瘦了？"

"嗯，我觉得还变高了。手这儿有个疤。"我比划给小六儿看。

我索性把所有能想起来的石头的外形特点简短地都跟他说了一遍。

我说："你可真够麻烦的，这么着，你丫自个儿进去不就结了？"

小六儿笑着说："不成。我们有约定。"

石头出狱之后，有天忽然打电话给我，说请我喝酒。

我们找了一个烧烤小铺，旁边有的是闹哄哄看球儿的人，

只有我们闷头吃肉喝啤酒。

“啊？约定？”他端着一次性塑料杯，望天儿想了一下，
“哦，我被你爸逮进去的前一天晚上，
我跟他说，我进去了你丫甭来看我，
你但凡要还干这个就甭来看我，我不稀罕。
我刚进去，他来看我，我根本没见他。
可其实，后来觉得也无所谓了，希望他来，他倒再也不来了。”

喝到第7瓶以后，我们都有点晕乎，已经放弃了破杯子，完全用嘴吹。
鞋也脱了，踩在烧烤店火车座的墨绿椅面上。
“现在觉得自己以前真傻。”石头，一边深深吸烟，
“我出来以后，去找他，看他长大了，可还那样，笑模样都没变。
感觉挺怪的。”
我笑着说：“怎么？不喜欢他了？要不就是更喜欢了。”
“说不清楚……喜欢吧，可是……”他想想，“……觉得，生分。
他是那种，我，……我，我费多大劲也接近不了……”
他把右胳膊架在蜷起来的腿上，脸歪在胳膊上。有点落寞。
过会儿，他又吸了口烟，说：“我叫你出来，想跟个和他熟的人说一通，
一想到他，心里堵得慌。”
“我明白。”我说。
“你知道，他，跟谁都不交心。”石头说，
“我以后不犯傻了。我觉得我那劲儿也过去了。
而且，我，其实也不喜欢男的。”
他说完，看了我一眼，“真的。我会有个好老婆，有好孩子，过好日子。”
我呵呵地乐。
“再说，他吧。他心里有人。”石头摇摇头，喝啤酒。

“谁啊？”
“我哪儿知道。”他笑着看我，眼神里满是醉意。

118.

“胖子，你是真傻。”廖俊不耐烦地说。
我正跟她说我跟石头喝酒的事儿：“我怎么傻了？”
她鼻子里发出轻微的“哼”声，
从床上爬起来，系上白色的睡袍，去卫生间。
我听见她往浴缸里放水。
她出来看着我说：“你最近见小六儿了？”
“没有，不知道他哪儿去了。”
“别见他了。以后。”她说。
“干吗啊？”真不明白她为什么总是特别厌烦小六儿，
“他要来我家，我当然会见着他了。”

“你不能为了我躲着他点儿啊？”
她撇了撇嘴，又进去打开浴缸的按摩开关，水被弄得哗哗响。
一会儿在门口露出一个脑袋，半拉光不呲溜的肩膀：“你不来？”
挑挑眉毛。

“你还没告我为什么说我傻呢。”我说。
“就不告诉你，你能把我怎么着啊？”她挑衅般地说着。

我有时候觉得廖俊跟我在一起变小很多，撒娇，
要我宠着、让着她，要纵容她，像个小女人。
这让我很迷惑。
她跟别的男人在一起，明明散发着截然不同的成年女人的性感劲儿，
聪明、能干，一眼就知道是个不寻常的女人。

她从来不说我是她男朋友，她老是笑着指着我说：“这是我弟，可爱吧？”
我常想，她没拿我当真，只是逗着我玩。
好像大人们逗小孩儿，也装成孩子的语气语调说话，假装自己不是大人。
她，廖俊，我的鞠萍姐姐。

唉。

119.

所以，后来她说她要跟别人结婚，我也没觉得特震惊。
倒是她拉着我的手说：“你没事儿吧？别发呆啊。”
我想你廖俊也太他妈假了吧。
我心里有火儿，想发作，可不知怎么开头。

我看得出来，她在等我骂她，等我生气，
有点防范地瞅着我，嘴角对我笑，眼角却死盯着我，一丝笑纹都没有。

她也沉默了一阵，才说：“这个男人特好。真的。

是得到幸福的机会，”她小心翼翼地看着我，“……对我来说。”

我走到阳台上，关上阳台门，连抽了三支烟。
风吹着，烟灰都扑到我自己脸上。
我觉得自己也够能装相的。

她结婚其实也挺好的。
不然我们能怎么着啊。
结果只有一种：她结她的婚，我结我的。
然后，她过她的日子，我过我的。
抽了烟，我又跟阳台上呆立了一会儿，太阳正下西山。
在脸上抹了一把，竟然有一手的水。

我出去，跟廖俊说：“我想交女朋友。”
廖俊笑着说：“好啊。”我看她是真心实意地笑。
然后，我也笑着说：“好啊。”

她搂着我说：“你人好，哪儿都好，可，好是不够的。”
我忽然想起石头这个人来。
觉得自己，其实和石头一样惨。
我翻身，对着廖俊，说：“再来一次。”面无表情。

120.

廖俊第一次结婚，她爸妈觉得，只要对方人踏实肯干，对廖俊好就成。
她廖俊，除了长得还好，没什么别的特长，
能摊上那么个有钱的，又死心塌地的，算是好福气了，得谢天谢地才成。
可后来也离了。

廖俊她妈特为离婚的事儿犯愁，想着自己的女儿年纪轻轻就离了，
往后靠谁，还能再嫁谁，谁还要啊。
好在这个前夫还算有良心，白给了廖俊一大笔钱，看她没工作还养着她。

这次廖俊又要结婚，她妈怕还是竹篮打水，空耗青春。
可廖俊笑着跟她说："真是竹篮我也捞上钱来。"
她妈皱着眉看着她说："钱！又是钱。我们穷，可让你受苦了么？
怎么你偏要满脑子都是钱呢？"
她笑着撒娇，搂着她妈："钱有买不来的东西；
可没钱，没钱是万万不成的。"

她妈跑到我家来，跟我妈讨论廖俊的这套思想，
说自己怎么都想不通这些年轻人脑子里都是些什么。
"好端端的，非离婚。现在又要结，才认识多久啊。
我看又得跟上回一样，没什么好结果。趁年轻净折腾了。"
我在旁边插嘴说："不趁年轻折腾，还什么时候折腾啊。"
廖俊他妈一撇嘴说："死胖子，你跟她一头儿干吗啊这是。"
我妈赶紧摆摆手，说："去去去，回屋看书去。"

121.

我哪儿是跟廖俊一头儿，一想到她要结婚我就生气。

她还跟我这儿显配她手上的订婚钻戒，钻大得跟手雷似的。

我就说她："你这手还抬得起来啊？"

她"哼"了一声，还故意用反光晃我。

她的未婚夫，搞金融的，个子挺高，长得古怪。

像个脸儿稍长把褶子熨平了的克拉克·盖博。

廖俊拍婚纱照时特意选了一套跟郝思嘉差不多的礼服，

跟她的盖博拍了张照片。

我总觉得那个男的有种怪怪的感觉。

温文尔雅，但是过分了，像个机器人。

我问廖俊："你们搞过了？"

她瞪大了眼睛看我，说："你以为人人跟你一样都是色鬼啊？"

"还没有？那万一你发现他是性无能怎么办？"我心里的恶意翻上来。

"无能？无能我也嫁了。"咬着牙瞪着我，

过会儿，她忽然松了劲，笑着说，"反正还有你呢。"

"你结婚我还搭理你干吗啊！"我恼了。

"你当初搭理我我也结着婚呢，谁贱谁知道。"她说。

我们就此吵下去，

廖俊抄起沙发上的垫子，茶几上的盘子、电话、台灯向我拽过来。

我也急了，只能冲过去抓着她的双手，

任她踢，听她叫骂，把她推倒在沙发上："别闹了！"
她向上望着我说："就闹！"可说完，却哭了。
眼泪像忽然涌出的泉水，夺眶而出了，顺着脸颊乱流到各处。
我手忙脚乱地给她擦。
她还是向上仰望着，轻声说："别忙活了。"

"你除了替我擦眼泪，跟我上床，还能干吗啊？"她说，"你自己说。"

我知道，我什么都干不了。
我本应该忿忿走出那个房间，狠狠摔门，再不理她，让她去死。
可我坐在沙发上，呜呜地哭起来。

122.

那天晚上，小六儿打电话过来。
他打电话到家里，我爸接了电话"喂？"，他不说话；
听见他沉默，我爸大喊："胖子，接电话。"

我躺在床上，眼前全是廖俊廖俊廖俊廖俊……
是不爽，可不伤心，想着她，发呆地想着她，可没什么感觉。
全是固执。

我接电话，说："喂。"
"你猜我这儿几点？"

“哦。”我说，还在发呆。
“怎么了你?”
“廖俊要结婚了。”我说。
“是吗？最近这么多人结婚。”小六儿的声音也懒洋洋，
我猜他正躺在床上，“你没事吧?”他说。
“没事儿，没什么精神。今天吵架来着，我们。”我闭着眼睛。
“她结婚，你们还是能见面，能在一起。”他说，“甭难过。”
“可我……”我的眼眶又抽紧了，“我本来以为，她要再结婚，也是跟我……”
小六儿说：“她有她自己的考虑。等你毕业了，工作挣钱，就不一样了。”
“是么?”
“那你现在什么都没有，也不能非让她干等着你长大。”他说，“是吧。”
“她心里总拿我当小孩儿。”
“你对她来说，可不就是么。等以后，再把她找回来。”他说。
以后……我指望不上了。

“我想交女朋友了。想跟别人那样，过正常日子。”我说。
小六儿笑着说：“交吧交吧，赶紧的。”
他那边有别人说话的声音，他说：“不跟你说了。你丫打起精神来。”
我还没应声，他挂了。

也不知道他在哪儿呢，那边现在是几点。

好像打电话的时候，经常来不及听他说过他的事儿。
他一听我的情绪，好，或不好，只等着我说廖俊了。

123.

我可不是找不着女朋友没人爱。
大学同学里，有个女生喜欢我，我一直假装不知道。

原来，你忽视一个人，可以这么简单。
最初还觉得惭愧，会觉得既然别人对自己好，也理应对别人好一点才对。
可时间一长，无论她用什么样的眼光看你，怎么表示关切，
你都可以视为理所应当，慢慢习惯了。
觉得她肉麻，那么别和她对视就成了。
如果孤单，心里不舒服，和她说两句话，她立刻能开心地笑起来。
从她脸上都看得出来，她特别期待着被你注意，跟你说话。

我一点都不讨厌她，只是经常在她身上看见自己。
战战兢兢，看着，等着。

124.

她喜欢我的同时，还被一个执着的高年级男生追求着。
她的好朋友到男生宿舍来，
说起那个高年级男怎么在大黑天伏在小路的拐角处吓人，
说他怎么变态怎么可怕怎么惹人厌。
我们听得哈哈大笑，不就是以怪异的自以为是的方式傻追一个女生么?
我们谁还不是想方设法绞尽脑汁到令人讨厌的地步。

没什么大不了。
一个男生还说："我都要同情他了，用了这么多招儿还追不上，
你让陈可从了丫吧。"

第二天，陈可的自行车被高年级男拆掉了一个轱辘，
那个家伙竟然笑嘻嘻地骑车等在系馆门口，一只脚踏在台阶上，
等着带陈可去食堂或者回宿舍。
陈可不说话，看也不看，绕着他走过去，颇有一种女烈士样的悲壮。
他慢慢跟在陈可后面。

我骑过去，跟陈可说："我带你吧。"
她抬头看着我，我才发现她从刚才起就在哭，脸上挂着薄薄的泪。
让她坐在车后座，那个男生一直不怀好意地瞪着她，我只好在前梁上带她。
她身体紧绷着，大气都不敢出，抓着车把，低着头，看着自己的手。

"我让你这么紧张?"我笑着说，"别怕。"
她不言语摇摇头。

125.

当天晚上，高年级男站在我宿舍门口敲门，
我正在手握鼠标，嘴里叼着烟，眯着眼睛跟人酣战，
以致坐在门口那位叫了三次，我才抬起头来，
迫不得已站起来，找人替我接着玩儿。

趿拉着拖鞋，跟着高年级男同学走到楼道尽头的窗户底下，
我脑子里还是游戏游戏，他的一通开场白一点儿都没听进去。
等回过神来，他正在说："你要找个女朋友一点都不发愁，我可不一样，
陈可是多难得的好姑娘，你别说，这么多年我只对她一个人动心，……"
blahblah……blah，
我又走神了，我宿舍同学冲着楼道喊："还不回来？不回来可死光了！"
我赶紧往回走，却被他拽住，
他手是湿的，眼镜后面满脸恶心的鼻涕和眼泪，
正吭叽着："你把她让给我吧。"

什么让不让，我心说，不耐烦地想甩开他，可他死死抓着我不放。
最后像得不到玩具的小孩一样又哭又叫。

楼道里各个宿舍都有人跑出来看，
我又气又尴尬，怎么莫名其妙落入了这种境地。
招谁惹谁了这是。

还好同宿舍的哥们儿和辅导员都出来帮忙，半天，才把他弄走了，
拍拍我说："没事儿吧你？"

T恤衫袖子上沾着黏糊糊的不知道什么东西。
那件衣服我只好扔了，想想都恶心。

126.

不只我一个，男生这边，不久有好几个人都跟高年级男“谈过心”。

我们经过连续几天的卧谈，
觉得能解决这个问题的唯一办法是有人去当陈可的男朋友。
他们跟我说：“就你了，是人都看得出她本来就对你有意思。”
我没应声，假装已经睡着了。
他们又叫了两三次我的名字，见我还是没有反应，骂骂咧咧地也睡了。

我不得不找小六儿来帮忙。
他只是笑，问都不问。
陈可看着我说：“这样成么？他不会相信的。”
我说：“慢慢不信也得信。”

小六儿轻轻松松地握着她的手了，
笑着跟她说话，好像认识了好长时间。
没多久，她也笑，笑得很厉害，还打在小六儿的肩膀上。

按照安排好的，他们一起在学校里走了走，在食堂里吃了饭，
出来以后，在大草坪和图书馆附近溜达一气，
再回到陈可宿舍楼下，目送陈可上楼，至此毕。
如果不认识小六儿，我一定也觉得他就是她男朋友。
他跟她走在一起要比学校里飘来荡去的诸多男女显得更熟悉、亲密。

当天晚上，宿舍同学幸灾乐祸地拍着我后背说：
“你看，让你上你不上，人家现在有主儿了。失落了吧，啊哈哈哈哈……”

127.

我在约好的地方等着小六儿，
见着他就问：“你怎么上去就拉人家手啊！”
“你不是让我假装男朋友么。男女朋友还不兴拉拉手啊。”
我还没说话，他笑出声，说：“你吃醋啦？”
“我吃什么醋啊。”
“她人挺好。”他继续不怀好意地说。
我瞪了他一眼。
他说：“我们没说别的，光说你来着。人家可喜欢你了。”
我不出声。
俩人沉默着往校门口走，他很轻地说：
“她不知道哪儿有点像小丫头。”
又走了几步，他自言自语地下结论：“笑的时候。”

大概是吧，
我第一次看见陈可，觉得这个人怎么这么眼熟，
好像老早就认识。
恐怕是因为我一直发呆看着她，她的脸才红了。

到校门口，我问小六儿：“你去哪儿啊？”

“干活啊。”
“这么晚了。”
“夜里才有活儿干啊。
这事儿弄得我现在想找个人抱抱，急需恢复一下同性恋的能力。”
“切。”
他伸手拦出租车，扭头跟我说：
“有机会对她好点儿吧，暗恋的人活得太辛苦了。”
他停了一秒，笑：“这，你清楚啊。”

128.

小六儿到学校里来演这么一出儿，并不足以阻止高年级男继续采取行动。
只好让他又来了几次，和陈可手拉手走来走去地聊天。

一直持续到7月，高年级男终于毕业了，
他挣蹦来挣蹦去也没能留北京，灰溜溜回外省老家工作去了，
临走前给陈可留下一封长信。

陈可拿了信给我看，说自己有点可怜他。
那封信写得感情极其细腻，寂寞又伤感，
让我感到有点同情。骗了他，似乎有点不应该，稍稍有点过分。
大概一个人再讨厌，也可能有不为人知的脆弱一面吧，
可那又怎么样呢？丝毫不能减轻他的讨厌。

这么几次以后，我和陈可变得熟起来，至少比跟班里其他女生都要熟得多。
但我很清楚自己不是那么喜欢她，她也看得出我的避让。
无论别人怎么开玩笑打哈哈，我们自己心里看得非常清楚。
巧妙地，两个人把握着那条界限。

她为这个在我面前哭了一场，可我又能怎么办呢。
我只有一直假装很笨拙地说："别哭了。别哭了……"
如果我诚实点儿，我应该说，其实我有喜欢的人。
可我没说。
只是继续一个劲儿地说："别哭了。求你别哭了……"
甚至，也没有劝她去尝试喜欢别人。
她是自己停下的，我沉默着把她送回宿舍。
第二天，她眼睛肿了，我冲她笑笑，她也眯着眼睛对我笑，
好像什么都没发生过。
继续守着界线。

129.

事到如今，不一样了。
廖俊要结婚了。
无论我是不是喜欢陈可，都得采取行动。
我跟别人好了，能对廖俊产生什么影响么?
我猜她连眉梢都不会动一动，一定笑着问我："长得好看么?"
但是我一想到，她，在夜里，被别人抱着……

我总得做点什么。

我约陈可出来，坐在学校附近的一个肯德基里喝柠檬茶。
我握着杯子，搅着冰块，看着窗外，
小声地，希望她根本听不见，说："其实…… 其实我一直都挺喜欢你的。"
如果她没听见，问我说什么呢，我一定给糊弄过去，再不提这茬儿。
我从玻璃的反光里看见她很傻地望着我。
然后我们一直沉默一直沉默。

在回去的路上，我抓着她的手像抓住了走下地铁站的楼梯扶手。
她看着我问我："你怎么了？"
我发呆了而已吧，
竟然哭了。
我想跟廖俊说，我一直都喜欢你，一直一直都喜欢你。
可我从来没说过，即使我紧紧搂着她。
她总是会笑，总是会打岔……

这时候下小雨了，我抹抹脸说："雨点而已。赶紧回去吧。"

130.

我把这事儿告诉廖俊："我跟别人好了。"我说。
廖俊正淋浴，我站在卫生间外头，说话声故意放得挺大。
她关了水，说："什么？你说什么呢？非这时候说啊。"

我又说了一遍。

她说："哦。是么。"也不问问是什么人。

又传出淋浴的声音。

她洗着，我平躺在床上，抽烟，直直地向上吐着烟圈。

觉得这些烟和烟灰又都慢腾腾降到我脸上。

我听见廖俊出来，吹头发，换衣服，梳头，化妆……

当我不存在。

她穿上皮鞋，嘎哒哒走着，拿了手包，

我还听着，

她从桌上拿了车钥匙，玻璃桌面呲的一声响。

她开门，出门，关门……

她又开门，进来，进屋，

踹了我的腿，说："你也不出声，我差点忘了你跟这儿呢。"

我从床上爬起来，掐灭的烟蒂也随着我的动作滚到地下，

她皱着眉说："又不是没有烟灰缸，真脏你。"

我不说话，有点赌气，

她拍拍我的脸，笑，说：

"我今儿要和他妈见面，你有空去多陪陪你的小女朋友。"

我早说过她一定会笑。一定。

131.

她说："婚礼你也来吧。上回你就没来。"
我说好，
满心巴望能在现场看到点什么意外，
比如，有个爆丑无比的中年妇女抱着一打孩子愣说他们全是盖博的。

婚礼其实是个大型商务宴会，
我跟廖俊爸妈还有一些不认识的闲杂人坐一桌。
除了新郎新娘敬酒一次再没什么人搭理我们。
其他客人都是什么什么大老板，什么什么董事长，什么什么CEO。
和想像中结婚应有的热烈快活气氛一点都不一样，
好多人拿着红酒晃来荡去，慢悠悠地。

廖俊换了几套衣服，笑得跟朵温柔塑料花儿似的，四处冒充热情的女主人。
我只好跟廖俊她妈闲扯，帮着她妈看着她爸，别让他喝多了出丑。

去了趟厕所，
发现卫生间里还有人跟我鞠躬非要伺候我不可，水龙头都不用自己拧的。
擦手的纸得让他扯下来双手撑给我，
我干笑着接过来，差点放到西服兜儿里。
有钱人的生活……
饭来张口，衣来伸手……盖博要是嘘嘘的话，是不是自己拉拉链啊。
哪儿都特干净，
我只好缩在一个挺隐蔽的角落偷偷摸摸地抽烟，

举着烟头看了半天，
四处都放了垃圾桶，
可顶上扔烟头的部分里是白色的细沙，堆出了一个饭店的店标图案。
我只好扔进垃圾桶里。

132.

转弯走向宴会厅，
正看见小六儿拿着一瓶酒和一个纸盒站在门口和盖博说话。
俩人都笑着，……

人遇到跟自己亲密的人，全身自然而然呈现出一种遮掩不住的懒散。
背会微驼，甚至西服的褶子都比刚才多。
盖博就是那副样子。

我心里正奇怪呢，廖俊绝对不会把小六儿叫来，
说不定是我妈让他来的?

小六儿也看见我正走过去，冲我说：
“哎？你怎么跟这儿呢？你不是说今天廖俊……”
他没说完就看着盖博，很轻地说：“不至于这么巧吧。”

正说话间，盖博他妈从里头走出来，笑着跟小六儿说：“你来了啊。”
她可不是老太太的模样，看着只有30多岁，高个子，

穿着旗袍像走出银幕的张曼玉。
小六儿把拎着的纸盒递给她，说："您上次说的那个。"
"你还记得啊。"她笑。

他们之间的关系怎么这么复杂?

小六儿看我呆在旁边，指着盖博小声说："他就是'金卡'。"

133.

"金卡"，我以前没见过，只知道他给小六儿一张金卡，
吃什么买什么，无论花多少钱，都可以划那张卡。
比如，小六儿用那张卡在国贸给我买了一双鞋，900多，一条裤子，1300，
只是因为要进某餐厅吃饭，前台把穿着短裤和凉鞋的我挡在了外面。
买东西要这么个价钱让我很惶恐："这行不行啊？花人家的钱花这么狠。"
小六儿说："我不花他的钱，他以为我还跟别人有事儿。烦得要命。"
他瞟了我一眼，说："你放轻松，这钱他又不白花。"笑。

我脑子里一直以为这个"金卡"是个让人讨厌的秃老头。

回过神来，我只希望廖俊不要看见小六儿跟盖博在说话，
赶紧往餐厅里张望。
可，廖俊正紧盯着这边，
她那么聪明，一下儿就明白了，眼里都是火。

她向这边走来，放慢了步子，咬着嘴唇。
我走过去，不知说什么好，只想把她拉开，
她甩开我的手，短而狠地说："别碰我。"全身都收紧了，硬邦邦地。

她装出微笑，说某某人正等着盖博和他妈妈呢，让他们赶紧过去。
盖博他妈很快进去了，
盖博的眼里只有小六儿，根本没意识到廖俊都要气疯了。
我真想提醒他……
小六儿看了眼廖俊，跟盖博说："有人找你，你去吧，我走了。"
盖博说："那，你给我打电话。"
"再说吧。"

盖博正往里走，身后，廖俊用尽全力打了小六儿一个非常响的耳光。
她吸气，闭眼，吐气，又睁眼，小声说："为什么总是你？"
说完，迅速跑到电梯那边，狂按按钮，拽着礼服跑上了最快开门的电梯。
小六儿用手背抹着嘴角的血，看着我说："还不追她？"带着疲惫的笑。

134.

我上了另一台电梯，出了门追着她跑，她拎着裙子，砰一声关上门。
这间套房，是用来给廖俊换衣服的，
我耳朵贴在门上，听着里头的动静。
她好像正背靠着门，
我听见她的身体正沿着门板下滑，传出礼服摩擦的刺啦声。

她在哭。

我也蹲下，敲敲门。

她说：“滚！”带着哭腔。

我说：“是我。”

“你也滚！！”

她沉默了一阵，继而哇哇地哭起来，我不知道说什么劝她才好。

很慢很轻地挠门，不知道能不能假装成在抚着她的背。

她发出鼻子囔囔地模糊声音：“为什么要这样……

……你们都喜欢他……他有什么好。”

声音渐渐变小成发呆又恨恨的自言自语，“……都喜欢他……喜欢他……”

我在门前蹲不住了，就跪着，摸着门，小声地，又希望她能听见，说：

“可我……我……一直都……一直……只……”喜欢你啊。

最重要的后半句没来得及说，盖博走过来。

我看他一点儿也不着急，站起来跟他说：“她哭了，你劝劝她。”

他露出一丝笑。这个时候还笑得出来。

他敲敲门：“你别这样。开门吧……”

我听见廖俊站起来，扶着门，特大声地说：“你丫给我滚。”

她站了好一会儿，不知道是不是起来的时候头晕了。

又过了一会儿，她沉默着把东西一件件砸到门上。

盖博和我退到门对面的墙边上，靠墙站着，看着那扇门，

听着门有节奏地砰一声，砰又一声。

这场景真像劣质的电视剧。

我跟盖博互相对视了一下，都露出苦笑。
我该高兴么？还是为她难过？
“他们俩，你都认识啊？”他问。
“是啊，一块儿长大的。”
他想了想，说：“是好，还是不好？”似乎不用我回答，
又说：“说好不再见面了。本来，我还以为我今后不再……”
自顾自地笑起来，让我觉得可怕。
他扭头看看我，说：“对不起。”
我掏出烟递给他：“这话你还是跟她说去吧。”

135.

我们对着一扇愤怒的门抽烟，
我看看盖博的侧脸，
他抽烟的样子特农民，以吃冰棍的姿势攥着烟往嘴里嘬，
想笑话他，又觉得他现在也很有点可怜。

小六儿以前一提“金卡”，就一副浑身不耐烦的样子，
扑在床上说：“烦死。非把上床搞成爱情。多没劲啊。”
我笑着说：“你干脆定下来算了。让他爱吧。”
无论跟男人在一起，还是跟女人，稳定了比不稳定强点儿，
道理总是这样。
虽然对我来说小六儿跟男人们的事儿更像游戏，没法当真。
他翻身平躺着：“那哪儿成。他又不是傻子，

没回报的事儿谁能总一头儿热啊，我压根儿不懂什么叫爱。
我不可能像你爱廖俊那样死心塌地跟谁好。”
他说完了呵呵地笑自己。

盖博也不知道想起什么，“他笑起来让人高兴又让人心疼。”
“嗯？”
“我见到他以后，总只想他的事。”他笑。
“你要自言自语也小声点儿，再被她听见。”我说。
他说他跟小六儿去旅行的途中生了病，“他照顾我。整夜，陪着我。”
他又猛抽烟。
我差点跟他说，以小六儿的性格，对谁都会这样。
他生来就没法不照顾人。
还好，忍住了。

盖博的妈妈终于出现了，把我们俩都赶下楼。
他一进宴会厅当即恢复了正常，笑得极为得体，
甚至西装上的褶子们也全都消失。
再等一会儿，廖俊也下来了，头发一丝不乱，压根看不出哭过，
换了身衣服，笑得也极为得体。

一直到最后，俩人都显得相亲相爱得不得了。
我看着仍然会嫉妒得火烧火燎。
只是，廖俊打破了桌上放的一瓶酒。
当然正是小六儿拿来的那瓶。

自由仍然是猎人与猎物之间的一种距离

也不过就是生不如死

钱，我的梦里全是钱

我的梦里只有你，你的梦里全是别人

你不能捂暖我的手脚啊

长时间在床上，抵抗

一旦偏离轨道，就只能一直向前跑，错过一个个出口直到死

你不知道自己要什么，别说自己没机会

136.

我一离开廖俊会觉得心里松了口气，好像吸毒人员看到了脱毒的希望，
可是日子一长，我心里还没想她，身体就惦记她了，
甚至不能做一个道貌岸然的梦。

我本来以为，她不爱盖博，跟他结婚是为他的钱，
最多，再加上，在这件事发生之前，他比起别的男人都略好点儿。
所谓别的男人，也包括我。

我本来还以为，她如果拿结婚当回事儿，
——结婚在我看来总是件大事，——
那她结婚了，即便不怎么爱她的丈夫，也不会再跟我有“那种”关系了。
我想起来还觉着挺失落。

她这么结了婚，我们反倒比以前见面更频繁了。
频繁了，我却觉得她一点儿都不是出于喜欢我。
她心里恨得厉害，只是用一种自以为是的方式报复。

她恨。是不是因为她爱他？

我每回这么想都觉得后脑勺有两根筋扭成一股。

我不会再跟廖俊提起小六儿了，总是她有意问起。
没说几句话，她就急了，
我眼看着愤怒愣生生地把她点着，她坐卧不安，浑身别扭，
甚至开始抽烟，皱着眉头摆摆手，说："别跟我提他！"
没多久，她又转回来，问。

137.

我想，她是一时生气，慢慢火气过去了，一切都能恢复正常。
可总过不去。
她只要从床上坐起来就在房间里打转，坐在椅子上就咬手指，
指甲被她咬得乱七八糟，不得不修得很短，露着红红的指肉。

在我看来，她的长相都变了。
眼神黯淡，眉心的皱纹出现了，鼻尖上也都是细纹，嘴角开始向下撇。
似乎短时间内老了五到十岁。

性情失去了原有那种精明镇静，总是很焦虑。
她常常让我紧一点儿、更紧一点儿地抱紧她，
在我耳边说："要是连你也被他抢走可怎么办？"
可有时候她又好像挺正常。

她趴在我身上，说：

“我，本来以为，一件东西肯定是我的了，

马上马上就拿到手了。

可突然别人告诉我，那根本不是我的。从来都不是。

……一吓我，梦醒了。开心的感觉全没了。

现在只觉得，什么都可能不是我的。

多可怕。”

她叹口气，把脸扎在我胸口。

“我其实不恨他吧。我恨他干吗呢，他也不是成心的，对吧。”

她抬头看我。眼神直直的。

我不知道说什么才好。

她又趴下，说：“真想杀了他，捏死他。

可不能让他死得那么顺当那么快……”

她说话的认真劲儿让我浑身一冷，赶紧坐起来。

她盯着我说：“其实你爱我，对吧？”

我没说话，握着她的肩膀，看着她。

“不是么？”

“是。我爱啊。”我说。

她笑了，笑得甜甜的。

我刚要松口气，她却笑着说：

“也许，我们可以……”

138.

我轻轻摸他的背，他一点反应都没有。
大概睡了吧。我想。
还是算了吧。我想。

可我还是又靠近他，犹豫了一下，冲他耳朵吹了口气立刻躺下。
这是引诱。
他还是没动。

我挠挠头，慢慢从床上坐起来，拿床头的烟。

“她还恨我吧。”小六儿一说话，我吓了一跳，打火机都掉到地上。
没开灯，伸手下去摸啊摸。
“什么恨啊。”我说。
他翻腾了一下，把枕头抱在怀里，趴在床上。
“难道不是她让你来勾搭我一下，然后再也不要理我么。”
他眨吧眨吧眼睛，我一边点烟一边说：“哪儿有？”
他没吱声。
我在黑暗里，以不容置疑的口气说：
“我不就吹了口气么。你丫怎么想这么多。”

我猜小六儿在我坚持让他留在家里过夜且盛情邀请他跟我睡一张床时，
就知道这里头有事儿。
其实，这么多年，除了他生病到学校找我那次，

我们再没像小时候那样睡在一起了，
虽然他每次到家里来，都会懒洋洋地趴在我床上。

他和我，都存着小心吧。

139.

廖俊所能想到的报复，就是非要让小六儿也伤心不可。
她想来想去，觉得只有这么一个办法。
她说："你这么做，他肯定心里特难过。"
他难过你就开心了吗?"他要不难过呢?"
"不可能。他……"她露出笑容，"好在我手里有你。"

她这么一说，我挺不高兴，
自己喜欢了这么久的廖俊，根本没拿我当个人来看待，
只是报复的工具，跟泼人脸的硫酸差不多。
喜欢一个人，爱她，不一定非要她心地善良，
即使她不善良，还是会止不住继续爱她，
可当发现她其实那么的不善良，心里会难受。
"你喜欢的不过是这么个人啊。"我都为自己觉得不值。

把这么个狗屁计划付诸实施，多半是因为赌气，
我特别想让廖俊失望。
如果她发现自己失去了我，——比如，我要是跟她说，我跟六儿好了，

是不是才会觉得爱我，才会一把鼻涕一把泪来找我，
跟我说："我才发现自己一直爱着的是你。"
我也不善良，只想着怎么才能让她心疼。
想看她为我难过，一次也好。

140.

"廖俊现在怎么样了？"小六儿问我。
我又去够桌上的烟灰缸，说："快疯了。成天歇斯底里发神经。"
"'金卡'对她不好啊？"
"不知道。我都没法儿对她好，天天净闹腾。"我说。
"我要是那天不去就没这么多事儿了。"他笑了。
我摆摆手，深吸口烟，又觉得这些人撞到一块儿确实挺可笑。
"不能赖我，他妈非叫我去不可。她也特恨我。"他说。
"我看她对你那样儿还以为你们关系挺好。"
"哪儿啊，'金卡'有段时间天天跟我待在屋里，
根本不出门，更别说工作了。
老太太恨我恨到骨子里。"小六儿说。
我笑出声："从此君王不早朝。"他也笑。
大概这些年来，他是唯一一个长时间跟小六儿在一起的伴儿。
"你一点不喜欢他？日久生情总有点吧。"我说。
"也没不喜欢。
我是把自己卖给他，感觉不一样，提不起劲儿。
再者，人么，还不是会更惦记那些得不到的么。"

“日久，真能生情？”他问。

倘若日久就能生情，那该多好。

“石头说你心里有喜欢的人，是谁？”

小六儿从枕头上抬起脑袋，看我，嘿嘿笑着说：

“石头这个八婆。”

“男的女的？我认识么？”我看着他。

“男的吧。你不认识。”把脸转到我看不见的那边。

“是么？”真应该让廖俊听听这句话，省得她老觉得小六儿暗恋我，

搞得我也自作多情。

“现在也没什么了。”他说。

“嗯？”

“开始，总希望，要是他，能像我喜欢他那么喜欢我，就好了；

甚至都不用，他心里要有一点儿惦记我，就够了；

然后，想，就算他一点儿都不喜欢我，能跟我上床也不错啊；

到现在，觉得自己这么脏，人家往我这儿看一眼我都赚大了呢。”

他呵呵地笑，“是自己犯贱，时间越长越觉得你爸说的对。犯，贱。”

“哪儿能这么说。”我说。可不负责任的安慰话，向来没什么用。

141.

高中毕业的那个夏天，小六儿从干活的酒吧阁楼上搬出来，

跟一个女里女气的男的合租了一套两居室的房子。

他的房间很干净，只有一张床，他所有的东西，只一个背包的容量。
很厚的窗帘，总是拉着，黑漆漆的，让我想起他家原来的样子。
空荡荡。
他给了我一把钥匙，说没事儿可以过来玩儿。
又补了一句："来之前打电话吧。"

总是在错误的时刻在不该出现的地点目睹了不该看到的某事。
我没打电话。

跟同学打了球儿出来，一身汗，还饿得不成，
他们几个家都很近，喝了汽水就散了。
本来以为，那个时间小六儿大概也没吃晚饭，
钥匙还一次都没用过。我去找他。

什么都没看清我就关了门，一路哒哒哒飞快地跑下楼，
出了楼门仰头看看他的窗户，
他从窗帘里露出一个脑袋正向下看，光着肩膀，
一会儿，一只别人的手搭在他肩上。

142.

到我上了大学，都没再见面，
我住校，他在我不在的时候到家里跟我妈说说话，很快就走。
我妈问："你们闹别扭啦？"

“没。”我总是这么回答。

还是我一大学同学，说起没去过三里屯，几个人一块儿去酒吧看看。
一进去我就看他在那儿陪人喝酒。
去卫生间，小六儿正对着马桶吐，
我想还是当没看见吧，撒了尿赶紧走。
回到桌边儿，正好换坐到一个对着厕所过道的位子上，
不时看过去，都不见他出来。
跟他坐在一桌儿的人，正笑着跟别人搭讪，
小六儿在不在，对他来说，完全无所谓吧。
我只好说自己又去厕所，看看他怎么了。

他捂着肚子在过道里靠墙坐在地上，蜷成一团。
我摸摸他的头，头发全是湿的，人也有点哆嗦。
他抬头看看，又低头。
我对着他站了一会儿。俩人都没说话也没再动。
他很轻地说：“走吧。你。”
我没动，他又说：“我没事儿。”还是低着头。
像小时候，我看他蜷在墙边，不知道该怎么办。

等我买了胃药回来，他已经不在了，跟他一起的那个人也不在了。
或许胃不再疼了吧。
我把药给他留在吧台上。

再见面，已经是他给从那房子里赶出来到学校找我。

143.

他摆摆手，说："困了吧，直发呆，睡觉。"
我一边掐灭了烟，一边说："想起以前了。"
"廖俊？"
"没。"我摇下头，说："你。"

我钻进被子。
他眨眨眼，说："我反悔了。"
"反悔什么？"
他诡笑着，抬起身看着我：
"你再勾引我吧。我肯定从了。什么都听你的。"
用手指像小猫一样挠挠我的胳膊。
我"啊？"地叫出了声，"噌"地起了一身鸡皮疙瘩，差点从床上跳起来。
他趴在枕头上，笑得不成了。

我抽起底下的枕头狠狠摔在他背上："笑屁啊。"
他也拎出枕头还击。

我们笑着打闹，直到听见我爸趿拉着拖鞋出来上厕所，轻声咳嗽。
赶紧放好枕头，躺下，连眼睛都统统闭上。
好像小时候。

拖鞋声由近而远，我和他几乎同时睁开眼睛，看着对方。
不出声，也没笑。

大概几秒的时间。

是小六儿先把眼光闪开，皱了皱眉，短促而轻地说了声：“睡觉！”

144.

我问我妈有没担心过我老跟小六儿一块儿玩儿，以后也变成同性恋。

我妈说：“不至于。”

“为什么？”

“那要是，还不早是了啊？”她笑着说。

她想了想又说：“你啊，干不了什么太出格的事儿。”

这话听着不像夸奖，明明是说一人缺乏勇气。

“胖子，你啊，老老实实上学，工作，
找女朋友，结婚，再有个小孩儿，
这样最好了。”她说，“别弄那些乱七八糟的，
什么婚外恋之类的，能得着什么啊？
你人太简单，心眼儿直，绕不过别人。最后落不着好儿。”
看着我，她是在说廖俊。

我笑着说：“婚外恋和同性恋，哪个更糟啊？”

沉默了会儿，她说：“你是好孩子，别让你爸为你着急。”

“妈，我有女朋友了。”我说。“咱们换个台吧。”伸手抓遥控器。

145.

我把陈可叫到家里来，纯属为了逗我妈高兴。

她在我家，比以往特别文静，而我家显得特别乱。
我爸、我妈、我和她，四个人吃了顿饭，
明明我妈做饭一般般，陈可却看上去吃得挺开心，
我妈一直乐着，挺傻。

吃过饭，陈可站起来去洗碗，我妈一定觉得她特勤快。
我靠着厨房门，看着她洗；
她笨手笨脚，
盘子滑脱，被水烫着，她不敢叫，很惭愧地看我。
我只好说：“你出去吧，我洗算了。”
我都想像得出她一副可怜巴巴的样子戳在旁边，
看着我，想帮忙又怕我说她。
我，不抬头，也不说话。快快洗碗。

“你又不胖，为什么你爸妈叫你胖子啊？”她想换个轻松的话题。
“以前胖呗。”我说，很想抽烟。
我妈正好招呼她去看我以前的照片。

我想到阳台上抽烟，可我爸正在那儿叼着烟浇花。
我不想跟他谈陈可的事，他看见我探了个头，招呼我。
他说，看得出来陈可是个好孩子，是个踏踏实实的姑娘。
他说，无论你们以后怎么着，
人要过日子，还是得找踏实稳重心态平和的搭伴儿。
我一百八十万个不耐烦，只是对着窗户抽烟。
我爸突然说："廖俊现在干吗呢？"
"我哪儿知道。"我没好气地说。

146.

我送陈可走到车站，好长时间无话可说。
她无疑是好人，是"好姑娘"。
可那又怎么样，没话说就是没话说。
话都没得说，怎么都不是爱吧。
这么一想，我又觉得自己早晚跟廖俊也是无话可说。
那该怎么办。

眼看走到车站，陈可忽然说："你……你心里……"
"嗯？"
"你怎么这么长时间连个电话也不给我打？"
她刚才想问的，是别的吧。
我赶紧笑着说："有点事儿，忙，没来得及。"
她看我笑，也微笑："我可是你女朋友啊。"

我连忙点头说："嗯嗯，我知道我知道。"

她上了公共汽车，在最后面的大窗户向后望，看着我，挥手。
我只好站在车站，直到确定她看不见我。

我，这么的不善良。

147.

这时，学校正放假，我每隔两天给陈可打一个电话。
模式都是一样的。
"这两天好吗？"/她说，好。
"都干吗啦？"/她说，看电视。吃零食……
她问："你好吗？"/我说，好。
她问："你想我吗？"
我说想，她嘿嘿地笑。

她偶尔会说，哪儿哪儿哪儿有个什么展览，听人家说挺好看的。
我说，哦，是么，没听说啊。
她会沉默一秒，然后换别的话题。

那一秒，我的恶意全在里头。
我知道怎么就能简简单单顺了她的心，可我又偏不。
特别想招她讨厌让她浑身不舒服。
那一秒之后，其实我是后悔的，我这是干吗啊。

话题却已经换了，也只有松口气不去追究。

她终于有一天说："咱俩都在北京，也不能光打电话吧。"
我"嗯"了一声，说："是吧。"
她停了停，说："那你明天有空儿么？"
我说："有吧。"

我不能跟她分手，
我得有女朋友。
我想。

148.

走在街上，她抓着我的两根手指，靠近我。
我本能地缓慢地跟她拉开距离。
最后她也放弃了，只钩着我的手指，俩人中间隔着半臂的距离。

她大概憋了好多话要跟我说，
总琢磨着怎么说才能把那些话的力道减到最轻，
怎么才能什么都不破坏又让形势好转。
我又根本不想费太多脑筋讨她欢心。
于是一路上都很闷。
她一抬头一看我，一要说什么，我赶紧笑，
她就又犹豫了，也笑，然后重新琢磨。

我只好以退为进跟她说，我本来就是一闷人，心也不细，
如果让你觉得这么难受，那我们干脆就……
后半句还没说，手机响了，是廖俊打来的。
她在电话那边笑着说："你跟哪儿呢？"
"外头。"
"跟谁啊？"
"朋友。"
"甩了丫，找我来。"她还笑着。这就挂了。
我握着手机，又站了会儿，对着断线的电话说："那好吧，我就到。"

陈可看着我："谁啊？"
"我妈，家里有事儿……"
她只好说："那你……那你先回去吧。"咬了下嘴唇。
我赶紧握了她的手说："要不我先送你回家？"
她温柔地笑："不用不用，送我到车站吧。"
我也笑着说："好。"

车站上人那么多，她靠在我胳膊上，两手握着我的小臂。
从她胸口胸脯浑身上下传来阵阵暖意。
她说："我喜欢看你在车站上一直傻站着。"笑出声来。
看着车开来，她抓紧我的胳膊，说了一句话：
"我还是喜欢你。不想跟你分手。"
我赶紧回过头："啊？你刚才说什么？"

149.

到廖俊那儿已经不早了。

她正抽着烟在屋里溜来溜去，我一进去就一枕头砸过来。

“死胖子，跟谁野去了你！”

“女朋友啊。”我笑着，若无其事地坐到床上。

我猜她心里总该咯噔一下吧。

她眼睛一转，说：“还真有不开眼的。”

坐在我身边儿，跟我说：“那女的是不是长得一般般啊？”

我瞥了她一眼不说话。

“她还挺温柔，对你好言好语的，不敢惹了你，即便知道你撒了谎。”

她停一下，看着我说：“她是不是那样儿？啊？”

我看着她。

“切，你也就招这种人喜欢。”她抿了抿嘴。

“那我怎么办，我想招你喜欢，可你喜欢么？”我冷笑着。

她笑了，脸像朵开了的花儿：

“我喜欢啊，喜欢你想招我喜欢的那股贱吧啦叽劲儿。”

她摸着我的脸。

她是天下最自私的人。

我再清楚不过了，可怎么办？

没办法。

只是我变得像她了。

试图用她对待我的方式去发展下线。

自然而然地。

150.

在床上，她趴在我肩上，问我有没有按上次说的去找小六儿。
我说没有。
她问，是没去找还是找了没成功？
我想了想，说，压根儿没干这事儿。
她的手正放在我胸口，忽然整个儿人从床上爬起来打我。
我说，你干吗你疯了。
她说，你撒谎，你骗我。你最后也一样为了他骗我。
她说，你们都是一路狗男人。
我攥着她的两只手，把她推开，身上被她打得火辣辣的疼。

“还不是你让我那么干的？？”
愤怒一瞬间理直气壮地涌上来，
冲到太阳穴，还向上跑，头直疼。
“可我没让你喜欢他，你撒谎就说明你喜欢他。”
廖俊的眼泪一瞬间从眼眶里掉出来。
她还是打我，被我攥着双手也不停挣扎。

如果我心里全没杂念，只为了挤兑她，我应该说，
我何止喜欢他，我还爱他呢。
可我，什么也说不出来。

那天晚上的事儿像一场梦，
早上醒来，小六儿像小时候那样缩成一团，

头靠着我的肩膀，手握着我的胳膊。
我闭上眼，想继续睡，偏偏想起夜里俩人不知道怎么就搅在一起了。
只能睁开眼直盯着天花板。
一层薄薄的冷汗顺着脖子漫到脊梁。
小六儿醒了，看着我说："怎么了？"
笑了，说："吓着自个儿了？"
我也笑，觉得自己可笑。
他眯着眼坐起来，拿衣服穿，说：
"一时兴起，甭当真。好多人都这样。没事儿的。"
我为他把背上的T恤拽下来，抚过他的背，背上还有我的指印。
摸上去，似乎特别不真实，不像我干的事儿。
我跟廖俊在一块儿，从来不敢那样，生怕她不舒服。
我这是…… 我这是怎么回事。

151.

那个晚上特别长。

我一开始吻他的时候是没有私心的。
什么都没想。
只是觉得，事情到了这一步，
该这样儿，只能这样。
没什么别的可说。
好像一条小溪，流着流着就那样流下去了。

接吻吧。
小六儿既接受了，又抗拒了。
他推我，说：“不能……”微微发抖。

我翻身平躺着，看着房顶，脑袋里空着，
那条小溪还在流着，流到两腿之间，热了。
我伸手握着。
他看着我，说：“要不……我帮你。”
他把手放到我身上。
是我抓住他的手，握紧，靠近他。
他向后缩了一下，直视我，又躲开，又看我，满眼都是不能。
我说：“你怕什么？”

我还是我么？

152.

有一刻，我真心实意希望自己是个同性恋。
只觉得所有的一切都可以不要都能不管，什么廖俊，什么陈可。
唯独剩下这张床，眼前这个人，就够了，就最好了。
那条小溪，
被个闸门截断又砰地释放，炸开了，向头顶向指尖向脚指甲狂奔过去，
带着狂喜。

我滑到他身上，他单手搂着我，一只手一丝丝抚着我脑门上的湿头发。
非常轻地吻我，像婴儿亲吻绿豆芽。

我抬头去吻他，睁眼，看到他一直睁着的黑眼睛。
我在黑暗里看他的黑眼睛，觉得自己正往井里掉，那儿有暖和的风吹着我。
我说："看什么？"
他微笑："想看。"
又接吻，他还睁着眼。
"看什么啊？"
他笑："想看看。"
我捂住他的眼，又放开：我也想看看。
那么近，只看见自己的睫毛他的睫毛他微眯起的眼睛，随后一片模糊。

要是男人在跟他做爱以后说爱他，那一定是真话。
只那条小溪就让我觉得很暖很温柔，
甚至感到幸福，不想撒手不想离开。
而且理直气壮。
难以忘怀。

我想，我当时，应该非常非常……爱他吧。

如果那个晚上一直不结束，该多好。我偷偷地希望。
我知道，天一亮，我一睁眼就会后悔。

我猜，小六儿他，知道我。

153.

我跟廖俊打着架，

眼前都是那天晚上的事儿，像玻璃碴子扑面而来。

头都要碎了。

我好不容易攥紧她的两只手，喘气。

她看着我，眼泪还没干，说：“怎么了？”

我放开她：“没什么。乱了。……我。”

才看着到处都是被她的高级假指甲划出的血道，已经不怎么疼了。

浑身都是木的。

拽了床单擦血，看着她的假指甲片滑下来掉地上。

又是空的，脑袋里。

大概我这么发呆是很吓人的，廖俊摸着我的脸，说，你怎么了你?

她只好亲我的脸，抱紧我。

她的身体温暖，柔软，紧贴着我。

有种刚把我从冰水里捞出来，非要让我暖和过来不可的那种劲头。

她说：“胖子，你跟我是连在一块儿的。想分也分不开。”

我听了这话反倒笑了，甚至笑出声儿来。

这世上哪儿有分不开的两个人呢。

我一笑，放松下来，

刚才好像是在为了骗到一句情话而撒娇。

又笑自己。

吻她。她也笑了。

我说：“想要。”
她抚摸我身上的伤口说：“不疼么？”
我笑着摇头。
她噘着嘴说：“你个色鬼。”

我扑到她身上，非常卖力。
什么也不要想。我想。
可当火车开到某一段，正飞奔着，却咔嗒冲上了不对劲的岔口。
我紧急刹车，从床上爬起来跑去呕吐撒尿冲澡。
淋着凉水，自己把火车驶入正轨，缓缓入库，才松了口气。
廖俊一只手攥着浴帘，光着身子，对着我，
她在发抖，脸色煞白。
浴帘的夹子一个个“嘭嘭”地崩开，
直到整张浴帘瘫倒在地，廖俊仍然死死握着一边，像抓着女尸的脚。

或许我今天不该见她。

154.

冬天，小六儿寄了明信片来，贴着日本邮票。
“我很好。忙。希望你们一切都好。”也没名字，也没地址。

我这才想起，那天早上，他从床上站起来，
笑着说："日本好像也不错吧？"

明信片背后的大照片是蓝得很假的一片海，极白的沙滩。
大概又是跟什么人去旅行吧。
他在沙滩上点了个大黑点，画了圈写着："我在这儿。"

一直打游戏，总觉得廖俊会给我打电话。可总也没有。

他们都一点儿也不需要我。
就是这样。

我本来以为，廖俊跟我是一头儿的，
后来又想，小六儿一直跟我是一头儿的。
可四下看看，剩下自己一个。
只好一个劲儿地跟陈可约会，
去看展览，逛商店，坐在麦当劳里一个接一个吃甜筒。
拉她的手，
说，我爱你。

155.

圣诞节之前，我妈取回一包裹，
里面有一把电动剃须刀，给我爸的；

一双黑色羊皮女鞋，给我妈的。
我妈特高兴，还笑着跟我说："胖子，你嫉妒了吧。没你的。"

元旦之前，我从学校邮局那儿费了老劲领回一包裹，
里面有一件T恤衫，一双浅蓝色女生手套，一套藕荷色绣花女内衣。
除了箱面儿上的包裹单，里头一个字儿都没有。
那我猜，衣服是给我的，手套是给陈可的，内衣是给廖俊的。
T恤上画着一套色情图案，全是性爱姿势，仔细看，才发现都是男男的……

手套我给了陈可，
刚想说什么，她笑着从背包里拿出一条围巾给我，圈在我脖子上，
呵呵地傻笑，笑着笑着，欠起脚来亲在我脸上。
大冬天的冷风乱吹，我脸蛋儿上是一大片口水的湿凉。

那个冬天大部分人都忙着找工作。我也跟着跑来跑去。
一丁点儿有用的结果都没有。
陈可去读研，她不着急，老腻着，拉我去玩。
我只爱看电影。
看电影好啊，一个半小时清净，不用绞尽脑汁想该说什么才好。
大不了贡献一只胳膊一只手让她抓着握着靠着。

出了影院，
她笑着跟我说："找不着工作也不用担心，大不了以后我养你。"
我哼哼地冷笑，假装脸给北风冻硬了。

156.

过了春节，她让我去她家一次，说她爸妈都想见我。
我觉得很可笑，这架势是什么意思。
又一想，其实，如果我会跟什么人结婚的话，大概也就是她了吧。
这么想着，也不觉得自己亏了。

她开着一辆银色奔驰来接我。
我都不知道她还会开车。
开了一个多小时，四周的房子越来越少。
我说："你不是打算开奔驰到荒郊野外跟我双双殉情吧？"
她笑着说："才不是呢。我爸冬天喜欢住水边儿上。"

我站在陈可家的别墅巨大的壁炉前头晒着，
事情莫名其妙的可笑。
廖俊想尽办法想过的日子，大概不过就是这样吧？
有别墅有壁炉，有大得像熊一样的狗，
车库里有三辆不同款的奔驰，闪亮的车标烁烁放光，
我克制着把它们抠下来拔下来扔进茅坑的冲动……
陈可她妈特热情，叫我过去吃东西，
让我觉得自己挺寒碜，活像个要饭的，
我心里高兴不起来，没有一丁点儿羡慕。
甚至寻思，她爸得是大官吧，不定贪污了多少钱，早晚得给抓起来……
一长串儿特恶毒的想法。

可我比任何人都想有钱。

陈可没透露过这种背景，
要早知道她这样儿，…… 我原先那点儿歉意都没了。
有钱人家的孩子就该在感情生活上付出点代价找找平衡。
我真是没救了。

吃完饭，她爸还暗示我，找不到工作的话，他可以帮我。
我一脸干笑，什么也说不出来。

陈可送我回去的路上，我一点好脸儿都没给她。
她开着车，偷偷看我：“你怎么了？”
“没怎么。”
过了几分钟，她哭了。
我说：“停车。”
下了车头也不回走了。

157.

陈可给我打过好多电话。
大部分被我挂掉了，零星接了的，也不打算跟她说话。
只是听着。
她什么都不说，就哭。
我像尽义务一样读着秒听3分钟，然后挂了。

我不知道自己是不是有同情她的时候。
即使有，也没及时做出反应。

我是生她的气，还是生她家里的气，或者根本是生自己的气？
有时候想，她，她一有钱人，跟我在一块儿，
一定经常在心里笑我寒酸。
有一次去公园，走着走着，
她说累了，我们坐在一张长椅上，我问她渴么？其实是我渴了。
她说有点，我问，喝什么？她说想喝芬达。
我去买，只买了矿泉水。
在小卖部的窗口前才发现兜里只有三块钱，只够买公园里的矿泉水，一瓶。
她接过水，冲我笑。
她在笑什么？

我本来以为，既然我不爱她在骗她，她还是有点可怜。
那，我应该在别的地方对她好点儿，
虽然我经常让她情绪紧张，也故意叫她失望。
除了那些不可能给的感情外，我还有时间，偶尔还有点钱。
如果陪着她，在肯德基里坐在她对面嚼汉堡也算一种付出的话，
我一直以为自己勉强、暂且功过相抵。
可实际上，是她，她在向我施舍，
把她的时间，她的精神她的爱，施舍给我。
她从对我的施舍中得到的是一种居高临下的快感。

操。

是谁玩儿了谁。

158.

廖俊终于给我打了个电话。
她本来问我找工作的事儿怎么样了。
大概我听上去没精打采的。
她呵呵地笑:"跟女朋友分手啦?"
"嗯。"
我一回答,她倒不笑了:"你没事儿吧?出来吧。"

她来之前我在咖啡馆的桌子上趴着,脸贴着玻璃桌面。
她无声息地站在我面前,很轻地摸着我的脑袋,坐在我身旁。
"原来你这么在乎她啊。"可廖俊这话说得很温柔。
她这么一摸我,让我觉得很舒服,
好像迷迷糊糊变成小孩儿,她给我擦眼泪,满身都是光。
我眯着眼睛看她,她笑着看我。
"我爱你。"我说。
大概太像开玩笑,她都笑出声儿来。

我从桌子上爬起来,像什么也没说过。
我毫无语气地说了遍陈可的车,她家的别墅、壁炉和狗。
廖俊笑着说:"那你该高兴。天上掉下个金妹妹。哈哈。"
"我又不是你。"我飞快地说。
她很生气地瞪着我:"我怎么了?"

我眼眶发酸，跟她说："我想，有一天，我自己，挣钱；
你要什么，我都给你。不就是让你过好日子么。
我打小儿就想，走到百货大楼里，指着所有的裙子说，都是你的了。
把整个王府井包下来，咱俩人儿跟那儿逛去。
可你……压根儿，"我轻哼了一声深呼吸，"压根儿不需要我。"
有一瞬间，我觉得下眼睑像戳了两根擀面杖。
看着窗外，叹气，一辆奔驰都没有啊：
"也是，除了我，还有那么多别的男人呢。"

廖俊没说话，也不安慰我。
外边在修路，地全给翻起来，开肠破肚。
她说："胖子，你还记得这儿以前什么样儿么？"
"想不起来了，大概马路比现在窄吧。"我说。
她软软地靠在我肩膀上，好像很累：
"没你在，我都想不起自己是谁。"

159.

我和廖俊几乎全无交集，聊天也是说说以前。
说起来，"以前"，都跟假的似的。
以前那么远，
胡同没了，原来我们的院子，已经变成了一栋高楼堵在街口上。
她说她在枣树上刻过一个名字，可我从没见过。
慢慢地，能说的也都说没了。

俩人在一块儿没什么别的可做。

我越来越觉得，我们恐怕根本就是两种人。

可我和廖俊这种关系，
恐怕根本已经不是爱了，是需求，
无关性的，或者比性稍微高级那么一点儿。
是我非跟她有关系不可的那种感觉。她也一样。
这么一想，反倒踏实了。

大凡言情小说，一旦男女主人公内心的犹豫逐步消失，
发展到某种稳定的阶段，
那，妈妈军团就会作为阻挠势力杀出来。

我把手机搁在屋里下楼买牛奶这么一会儿工夫，
廖俊打了个电话，我妈接了。

暴风骤雨自然免不了。
我大部分内容都没听进去。
只有两点：
一，廖俊的人品。
二，廖俊的年龄。
翻来覆去不就这么回事么。

我从高中跟廖俊搞到现在，心里早演习过好几十遍了，

如果我妈先知道怎么着，如果我爸先知道了会怎么着。
总有那么些时候，会觉得马上就要露馅儿了。
一开始想，那可糟了，非天翻地覆不可；
现在看着我妈发怒的样子，全在意料之中，
我竟然一点情绪都没有，频频走神儿。

我妈发了一通火儿觉得累了，坐在方餐桌旁边的椅子上喘气，
我赶紧给她倒杯水，放桌儿上，又缩到凳子上听骂。
“你们什么时候开始的？”
她看着我，说：“是这几个月的事儿么？我看你老大不高兴的？”
要想最后说谎成功，得一开始撒一个容易被戳破的谎。
“是。”我回答。
她绷着脸紧盯着我，我做出一脸说了慌的惊慌表情，脸都红了。
“你骗谁啊？”她声音不大，但短促有力。
“是她结婚以后？”她又问。
我停了停说：“嗯。”
她皱着眉头，啪啪地打在我肩膀上，并不很重：
“你可真行啊你！人家都结婚了你还来劲！”

160.

上高中那会儿，六儿每到周末来找我玩儿，
他坐在校门口路边儿的栏杆上等我，
我一放学出来，俩人一起去游艺厅。

学校只有周末晚上不加课，能保证三点四十分下课，
因为好多老师要去接孩子什么的。
到游艺厅打两个小时游戏，再一块儿回我家吃晚饭。
路过菜场买一些熟肉和菜。

我遇到廖俊以后，拽着小六儿一起蒙我妈，
跟他约好时间地点，让他等我。
可我常迟到，跑到那个麦当劳，他已经趴在桌上睡着了。
等着他醒过来睁开迷糊的双眼看我，说："来啦？"
也有时候，一些不三不四的人在跟他说话。

我这么回忆着，我妈突然说：
"你与其跟廖俊好，还不如跟小六儿好。"
她愣着神儿看着墙角，好像自言自语。
"他不会害你，会对你好。"

原来他们都知道，只有我，那么傻。
我、我妈，我们都利用了小六儿，利用了他的感情，
伤害了他还浑然不觉。

他坐在麦当劳的塑料椅子上看着门口等我的时候，
在想什么？

161.

我妈跟廖俊她妈跟前儿抱怨，说着说着，廖俊她妈就急了。
“我们闺女怎么不好啦？你怎么这么说她啊。
还不是你们家胖子自个儿一厢情愿瞎折腾么？”
结果俩人大吵一架，谁也不理谁。

好在廖俊她妈也没轻饶了她，把廖俊叫回家来大骂了一顿。
估计大意是，你招惹谁不成啊，胖子多大，你都多大的人了，
婚都结过几回了，还这么不懂事儿啊？？？
廖俊她爸给她妈这一惊吓，哮喘都犯了，全家这一通忙叨。

等我终于逮着机会给廖俊打电话。
她在那边儿笑，说：
“死胖子，给我找了多少事儿啊你。真是作孽，欠了你什么啊。”
带着妩媚的恨劲儿。
我听了也笑，赶紧说：“我想你着呢。”

我跑出去找她，抱着她，觉得特别想一直宠着她。
俩人是拴在一根线儿上的野蚂蚱，这感觉特好。
她在床上搂着我说：“等你三十，我都三十八了。”
“还早呢。”我笑着说，扑在她的胸脯上。
“五年还不是一晃么。”她说，“你看咱们。”
我不知道她要说什么了。
她说：“找个好姑娘吧。”

我不笑了，说："说什么呢你。"

"其实上回那个没什么不好。家里有钱也不是她的错。

她爱你，比什么都重要。

能找个死心塌地爱你的，多不容易啊。"她说。

我说："我妈跟你说什么了？"

"没，没她们什么事儿。我自己想的。"她说，

"我又不是小六儿，被人一说就不成了。"

她本来看着天花板，说了这句以后小心地直盯着我，

自己觉得说错了话，难以改口。

"你跟他说什么了？"我撑起身子，看着她。

她绷着脸，下巴都有一种决不承认誓死抵抗的劲儿。

"是不是你说了什么他才去日本的？"

"那又怎么样？"

怒气像过头的性高潮，噗噗地蹿上来，

我被自己的愤怒搞得头晕眼花，只能撑着胳膊喘气。

廖俊摸我脸的手也被我闪开了。

她忽然冲我叫："那我怎么知道他会这样走了！"

"我知道你……你想他了……"她反倒流出眼泪来。

162.

跟廖俊吵架以后，我彻底安静了。

我偶尔是会想想小六儿，但肯定比想她的时候少得多。

可这事儿，解释了，她也不会信。人一吃醋，什么也听不进。
我倒松了口气，
以前一直觉得是我的错，小六儿才跑了的，他是为了躲开我。

这回我彻底成了孤家寡人。
寒假还没结束就跑回宿舍，
趁他们还没回来，一个人用合买的电脑整日夜地上网，
QQ也一直挂着，总在闪动。
有天有个人给我QQ发来认证消息，说：
“你是胖了吗？我是小丫头。”

钱，我的梦里全是钱

我的梦里只有你，你的梦里全是别人

你不能捂暖我的手脚啊

长时间在床上，抵抗

一旦偏离轨道，就只能一直向前跑，
错过一个个出口直到死

你不知道自己要什么，别说自己没机会

163.

小丫头那次回国，我还上大二呢。
这回再有她的消息，竟然一晃两年了。
我点了“通过认证”，可那个红发女孩的头像总是暗的。

好几天之后，红发女孩终于在我的QQ上留言，
留下一个网址，后面写着一串：
“一定要看一定要看一定要看一定要看一定要看
一定要看一定要看一定要看一定要看一定要看
一定要看一定要看一定要看一定要看一定要看
一定要看一定要看一定要看一定要看一定要看……”
直到显示的字数达到极限，还剩下“一定”两个字。

我还以为是什么特别美好的网站，打开以后却发现是一个色情网站。
IE里少装了一种字符编码，
首页上除了一张男性裸体图及enter一词外，全是乱码。
这有什么可看的，在学校里想看这种东西根本不需要连出校园网嘛。
她一个小女生第一次看，兴奋得不得了？那也犯不上非跟我说不可。

大概是因为我毫无反应，她又留言说：

“点enter，看右边。

一定要看一定要看一定要看一定要看一定要看

一定要看一定要看一定要看一定要看一定要看

一定要看一定要看一定要看一定要看一定要看

……”

我非常想回复她：我们1M流量要一块钱啊……

紧接着，她的头像又闪，

留下一个username一个password。

我记下来。

第二天拿着纸条去系里实验室，弄了一个高速代理重新打开那个网站，

原来那些乱码都是日文。

点Enter，是个gay网，

前面的一堆日文大概是告诫不喜欢gay的不要进来。

右边，都是色情录像似是而非的截图。

我很快不耐烦了。

从上pagedown到最下面，再以示负责，从下又pageup到最上面。

只有Top 10里的第一张图虽然模糊，但很……

我离屏幕非常，非常，非常，近……

164.

用小丫头给的username从那个网站下载影片，
速度5 kb/s甚至更低，选最差质量的影片，一集也要100 M以上；
说是一共十三集。
我用的是实验室紧里边的机器，还是不敢昼夜下，怕被人发现。

特意跑到中关村，买了一块新硬盘，装了一个难看的硬盘盒，
只为了从实验室把这些片子拷走。

我半夜两点从床上起来看片，周围都是他们的呼噜声。

还以为，这个像大部分毛片一样从头到尾都是真刀真枪热火朝天，
可这个节奏出奇地慢。

一上来是一个新干线似的列车进站，
一个人从车上下来，背着双肩背包，四处张望。
可能是realplay能清晰显示的尺寸太小了，
我觉得他和我认识的那个人根本不一样。
直到拉近的特写。

小六儿站在车站上，看着我。

165.

他站在车站等着，等了很长时间，慢慢地走，
镜头缓缓跟着他，
我总觉得下一秒就要出来一个人跟他做爱。

他走上楼梯，走得比周围的人都慢，
我的耐心给磨光了才有一个留着短胡子的高壮男突然出现，
站在他面前，可俩人一句话都没说。
胡子男走前面，小六儿跟在后面，
穿过一条非常闹的商业街，镜头还是黏糊糊地跟着他们，
拍拍侧面，拍拍背影，拍拍正面，又拍拍侧面，
有人回头看小六儿，眼睛随着他转了几十度，像是无意中给拍到镜头里的。
胡子男走进一家店，买了顶钓鱼用的宽边帽子出来，扣在小六儿头上。
一句话都没有，只这么走着。
终于走上铁楼梯，进了一个小公寓。

这回该来了吧。

小六儿放下背包，摘了帽子，坐在床上上下颠了两下，
嘭地趴下，闭着眼。
胡子男抓着他肩膀把他拽起来，推进浴室……
他出来，坐在床上擦头发，光着身子。

嗯。

胡子男坐在他旁边，摸……摸他的腿……

我的鼻血极快地喷出来，身上白背心的前襟都染红了。
赶紧跑进水房去冲，可还在不断地流，跟自来水比速度。
我没有真的见过他跟别人做爱，即使那次推开他房间的门，
只一晃，见有人在，我知道他们干什么呢，不敢看，赶紧跑了。

和他过了那一夜之后，
偶尔也会想，不知道他跟别人在一起是什么样儿。
设想一下……往往是空白，开了个头儿就会觉得自己很蠢。头发胀。

166.

我洗干净了仰着头回来，拿手纸堵住鼻孔，再坐到电脑跟前儿，
他们还没弄完。

镜头拍小六儿的脸，他闭着眼。

我赶紧换了团手纸。
还是关机睡觉吧。
又想知道这集什么结果。
捧着沾满鼻血的手纸。

胡子男终于倒在他身上以示结束。
他的右手放在胡子男的手臂上，
可胡子男一边喘气一边把他的手使劲摁到床上。
等他喘过气来，却把小六儿踢下床，狠狠的。
自己也爬下来，从沙发垫子下面的夹层里抽出床单和被子，扔到沙发上。
小六儿自己铺好床单，蜷在沙发上裹着被子，
大概很累，露出他那种马上要睡死过去的表情，闭着眼微张着嘴。
胡子男从床那边狠狠扔过来一个枕头，砸在他身上。

这集终于完了。如释重负。

我躺到床上很快睡着了，
可梦里全是他，和性：
抱着他，他睁着眼睛看着我，
又忽然是别人抱着他，他看着那个人，像片子里的镜头，闭着眼。
这样翻来覆去，一会儿拉近，一会儿拉远。
我不知道我在哪儿，是对着屏幕还是对着他。

早上醒了，被子边上都是温热的鼻血。

167.

第二集，一开始是胡子男打电话。
小六儿躺在沙发上，抱着枕头挡着阳光，还睡着。

已经傍晚了吧？光是发红的。
胡子男挂了电话走过去把他从沙发上拽下来。
他摔在地上，我的肩膀凭声音都能感到他的疼。

他跟在胡子男后面走过那条街，
在帽子底下眯着眼。
胡子男走进一个旅馆把他交给另外一个男人就走了。
他们进了一个房间，那男人的手放在他腰上……

我快进了。

再播放，那个男人正抓着他的腰，吻他的脖子，
他向后缩着，微皱着眉。
他就是这样。

再快进。

他们出来，那个男人付钱给胡子男，临走的时候去抓小六儿的手。
胡子男从那些钱里抽出一张，又抽出一张，给小六儿，
自己走了。

天很黑了，
小六儿穿过那条街，舔着冰棍，
往路过的橱窗里张望。

回家洗澡穿睡衣刷牙擦头发看电视，趴在床上，
铺沙发上的床单，趴在床上，
铺沙发上的被子，趴在床上，只有电视的光在闪。
门响，他迅速从床上下来，蜷到沙发上。

胡子男进来，好像醉了，
走到沙发旁边儿，低头看他，
把被子掀开……

我快进到这一集结束。
怎么这个片子，让人丝毫不觉得快活。
一切都很暗。

168.

surviving：你看了么？
胖子：看了两集。
surviving：太压抑了，不是么？
胖子：……是啊。
surviving：我实在想找个也认识他的人来看看。
其他人大概不会有这种感觉。每集都让我觉得心里难受得不得了。
想拿刀扎自己。
胖子：你当那都是假的，是演戏呢。
surviving：你不觉得他一点都不开心吗？

我觉得他好像心情特别不好。可能本来能拍得轻松得多。

但都是因为他。

胖子：你们现在不写信了么？

surviving：写，email。可他没说这些。

胖子：你也没告诉他实话？

surviving：说了，都说了，打长途给他。

胖子：打到日本啊？

surviving：是啊。说了好长时间，还哭了一场。

胖子：他没说他去日本干吗？

surviving：他说他跟朋友去玩。他只听我说，一点儿没说他自己的事。跟以前一样。

小丫头在QQ上叫surviving，

看她这个名字，就知道大概活得也很费劲。

她说她想做的事情，只是等他回信。

她总想谈谈那个片子，我总岔开话题，怕她问我，你有什么感觉？

我说不出来那是什么感觉：

镜头拍他的脸，我怕看他。

我的手指和嘴唇会抖。

没法控制。

因为他在看我，他说："想看看。"

169.

我在实验室下片子常常紧张得手直抖。

下载链接要试很多次，反复输入username和password。

我怕被别人看见，又怕自己下载完了，非看不可。

只一次次输入，失败，再输入，再失败……

这套片子在那个破网站上下载次数名列榜首，

可Rating却很低，

“Comments”点开以后可以看见好多帖子里都写着“马鹿”及许多叹号。

似乎他们即使不认识小六儿也觉得这部片子太闷太阴沉，

性交都不让人欣喜，

不断骂着又还是会想看看后面发生了什么。

阴沉受压抑也会让人上瘾。

只要那些痛处没在自己身上就好。

每集至少都有两次性交，

小六儿和客串某某，小六儿和胡子男，胡子男和客串某某，

在此三种情况内任选其二，有时在某次性交时再添加一些人。

我想他们也在不断变换技巧姿势、拍摄手法，可都被我跳过了。

我常常只是盯着屏幕，看小六儿一个人走过那条街。

我只喜欢这一个场景。

他们也不厌其烦地拍他走过那条街。

他非常平静，吃着东西，东张西望，时常脸上有不可思议的微笑。

从小到大，我都不清楚他的想法。
我一直以为他像我一样没什么想法，他总是笑。
他总是把事情说得比事实更简单更轻易些。
别人对他挺好，挣钱容易，什么都不用担心。
跟人上床也是一种职业，他笑着说，
就像坐办公室喝茶看报纸，我只用往床上一躺，工作时间也可睡觉。

我看着他走在那条街上，五颜六色的灯光照在他身上，
才发觉自己上了他的当。
他在北京，一定也这样在街上乱逛，一个人。

170.

我受不了胡子男出现，
他一出来即使什么都没干我后脑的一根筋也会开始跳。
背后像有人用灭火器不断砸，
灭火器最终穿胸而出，肋骨都断了，这时候常感到鼻血没法控制地流出来，
跟性兴奋毫无关系。

在戏里，小六儿睡着了，被生气的嫖客打伤了手，
我想这肯定是假的，他们不能让演员真的打他啊。
胡子男冲进房间，把那个人揍了一顿。
带小六儿去了医院，出来时候他手上缠着绷带。
大白天，阴天。

胡子男挠挠脑袋，走在前面，小六儿跟着他。
去看棒球，观众席上不超过十个人，
小六儿抱着一大袋薯片，笑着吃。
胡子男歪在椅子上握着啤酒，看着他，
忽然站起来，拽着他的衣服把他拖到观众席下面的通道里。
我以为又该快进了。
胡子男想吻他的嘴，却被避开了，
于是狠狠对着小六儿的肩膀咬下去，
镜头对着胡子男的背和小六儿露出来的苍白的脸，
有场地里的广播声，有忍着疼的吸气声。
下一个镜头，他们和刚才一样，一个握着啤酒，一个吃着薯片。
他还笑着。
我看着衬衫上渗出来的血，不知道是真的还是假的。

小六儿在家做了饭等他，都盛好了。
有煎鱼，有酱汤，及其他日本鬼子那些装模作样的食物。
他半夜才回来，已经烂醉了。
一开门扑到小六儿身上。
我赶紧快进。
那零星的画面一直对着小六儿的脸，模糊的近景是一只闹钟。
床在吱吱嘎嘎的响着，有胡子男卖力的喘息声。
可小六儿没表情也没动，看着闹钟。
时间一秒秒地走，
胡子男又趴在他身上。
00：00，日期牌子向下翻了一页。

闹钟响起生日快乐歌的音乐，小六儿笑了。
胡子男枕着他的肩膀，看他的侧脸，伸手把闹钟摁停。

小六儿等他睡着，把他的头移到枕头上，从床上爬起来，
穿上睡衣，坐在餐桌旁边端着碗吃冷饭，把剩饭和鱼倒掉。
冲澡，刷牙，轻声哼着生日快乐歌，爬上沙发，睡觉。

胡子男太坏，掐灭所有快乐的微小火花，还无动于衷。
一想之下，自己把自己吓了一跳：
我不也这样么。
我从没对他说过生日快乐，甚至是贪婪地舔着蛋糕上的白奶油的那天。

我是无心的。
狡辩。
右手拇指，从食指上抠掉了一块肉。

171.

我非见廖俊不可。
有很多话要说，想想看，周围也只剩这么一个人可说了。
不说，心里就堵得不成。
顾不上她会不会生气。

见着她，才觉得满天打转儿的心踏实了点儿。

有了这踏实却不想说什么了。

我说想她，她笑，她肯定看得出我有事儿，却又不问。

我们像以前一样“鬼混”。

大概但凡这类关系发展到头儿了，不能结婚也没有其他罗嗦，

也就变成周而复始的循环游戏，直到分手。

她摸着我的头发：“想什么呢？”

“没想什么。”

“想别人呢吧。”

她嘴里有点阴阳怪气，可抚摸我手臂的速度一点儿没变。

“他现在干吗呢？”她说。

我跟她说，拍毛片儿。在日本。

她的手停下来。

“你会因为不够爱我而觉得惭愧么？”

我还趴在她身边，背对着她说。

“你为他觉得惭愧了？”她嘴角一定有笑。

“我不知道。”我说，“不是惭愧，其实…… 只是……”

“就和我会觉得毁了你，一样。…… 是吧？”

我翻身起来，看着她，她很平静地从床头柜上拿烟，咬在嘴里。

她吸了一口，很慢地吐气，把烟递给我。

“我常跟自己说，那是你自己愿意，是你自己选的，跟我没关系。”

她直视着我，让我没处躲。

我们好长时间都沉默。

她又拿了支烟抽。

在烟背后，眯起眼睛，跟我说：
“有天我觉得特别爱你，爱得要疯了，
我怕你爱他，他们爱他像有毒瘾一样。
我不能连你也没了。去找他。
一路上我都在想……我败给他了。
‘留一个爱我的男人吧。’我只能求他了。
我要跟他这么说，你的命还是我救回来的呢，你不能这样对我，哭着。”

“我敲门，门没关，他蜷在墙角，周围全是酒瓶。
你赢了。我心里还想，你丫装什么呢。
我真的跟他说，你开心了吧。
他抬头看我，眯着眼，很慢地眨着，问我，是真的么?
我不知道他在说什么，他又问：那是真的么？还是梦?
我想都没想就说，那是梦，不是真的，他心里没你。”

“他跑进卫生间吐，我胡撸他的背，给他烧热水，找毛巾擦脸。
他还是个小孩儿，需要人照顾。
他跪在马桶边上对着里头吐，一边儿吐一边儿流眼泪。”

“当着你的面儿?”我问。
“嗯。”她掸掸烟灰，
“后来他吐出好多发黑的东西，吓了我一跳。
我赶紧打120，信号太差，就到阳台上。

等我回头，他已经跑了。”

“不怪你……”她摸着我的头，“他……他只是没法面对你。”
我躲开她，翻下床。
“要没那一晚上，他还不是什么都得不到么？”她冲我嚷。
又忽然笑了，“现在好啊，至少你开始惦记他了。”
她死死抓着我的胳膊，盯着我。

心里一阵堵，一大滴血滴在廖俊的身上，
她吓得跳起来，把我拽进浴室里，拿白毛巾给我擦鼻子。

我让他得到什么了？你说啊？

172.

我跟小丫头说，不打算继续看了。
小丫头说，从第八集开始好点儿了，有好人了。
所谓好人，是小六儿在那条街一个面馆里遇到的送外卖的男青年。
胡子男不出现的场景，他们会有说有笑。
第十一集，小六儿挨了打，紧接着又是一段床戏，
结尾处，胡子男睡着了，
小六儿看着他睡，非常轻地摸他的短胡子，
胡子男睁开眼看着他，他把手收回来，眨眼看他。
可胡子男却握着他的手放在自己的下巴上，闭着眼，让他摸。

第十二集，像好多卖身电影里那种糟心的巧合一样，
阳光男在送面的路上看见小六儿跟别人进了旅馆，发现了“事实真相”，
但他还是带小六儿到有山的地方去玩，
整部片子这才第一次出现白天的阳光。
他们懒懒地躺在草地上，阳光男看着小六儿闭眼的侧脸。
竟然没有做爱啊。
镜头一换，是阳光男从厨房偷了一把刀。
第十三集，下载失败……

小丫头说她也下载不了，好像没人下载成功。
有人说还没拍完，链接是假的。

我正无限次撒癔症一样地狂点“下载”，
陈可突然出现在我背后。
她大概站了有一会儿，我根本没意识到。

整个屏幕都是那个网站……
她说：“你……早说实话不就完了？”
我得跟她解释我不是——这压根儿不是一句两句能说清楚的。
我到底是不是，问题本身悬而未决。
于是我像个傻子一样看着她，脑子里金光四射又一片死黑。
她笑了，说：“你放心，我谁也不告诉。”

一起上食堂吃饭，她咬着筷子，笑着说：
“我要交个男朋友。”

她说话这劲儿，我怎么感觉这么熟悉。
我赶紧说，好好好，交吧交吧。

我周围，包括我，净是死心眼子一根筋儿的主儿。

173.

最后一集下载不了，那网站上却贴出一个花絮。
在那个有太阳有山的地方，阳光男不只是看着他，还要吻他。
可他只是俯下身，完全没有碰到小六儿，就被推开了。
小六儿爬起来走了，身后是惊讶的工作人员。

他坐在树荫下蜷成一团。
我能看到他正瑟瑟发抖。
他捂着脸，镜头一动不动地拍他。
时间长到他们感到害怕，纷纷围上去，
小声地问他什么，温柔地摸着他的头发。

我的脑袋里是空的，可摸摸鼻子，不出所料，仍然是一手血。
明明只是盯着这一手血，眼前模糊起来，
像是老早以前我手上沾着的他的血，像语文书上沾着的他的血……
这就是我对待他的方式。

屏幕里他抬起头，大而黑的眼睛看着镜头，他眨眼，眼泪滴下来。

“你哭了。”我说。

一阵心疼，紧接着是控制不住的难过，
我越是拼命忍着越是抖得厉害，
哭出了声，分辨不出自己在哭什么。

我的梦里只有你，你的梦里全是别人

你不能捂暖我的手脚啊

长时间在床上，抵抗

一旦偏离轨道，就只能一直向前跑，错过一个个出口直到死

你不知道自己要什么，别说自己没机会

174.

祁老太太要死了的时候，本来是给送去医院了。
第二天小六儿从学校赶去医院，正撞上俩小护士给祁老太太插管子，细管子由鼻子里插进去。
小护士们没经验，插了一次又一次，把老太太难受得眼泪直流。
小六儿把她们轰走了，问老太太要不要回家。
她眨眨眼。
他跟医院门口找了个三轮平板车，把老太太愣是接回家来。

那年夏天特热，祁老太太还是觉着冷，身上冒着冷汗，人发抖。
小六儿在屋里安了炉子，开了门和窗户通风，
出来进去各是一身汗，衣裳就没干的时候。
我妈心疼他，跟他说，我替你照顾她会儿，你歇歇。
小六儿笑着说："没事，就这样吧。"
祁老太太已经说不出话了，什么都眨眼。
别人未必能看懂。

胡同拆迁，隔壁院子已经先签了协议，全院都给推了。
这院儿也只剩下祁老太太没签。

我家里的东西都打了包，新房子也装修好了，家具也添新了。
只是对旧院子还有感情，加上担心小六儿他们。
多耗一天是一天吧。

祁老太太还没病到这份儿上的时候早交代过的，
把现在的房子换套新房，给小六儿。
即便小点儿，他以后还有个家。
兑成钱了，花了，就什么都没了。
小六儿并不知道，只有我爸跟张律师知道。
张律师那天本来说，第二天写个文件，让老太太签个字，
再加上他们俩人作证。以后也好拿个凭证说话，算是遗嘱了。
可到了第二天，他老婆在外头给车撞了，好一通折腾，这事儿耽搁了。

我爸去拆迁办跟人家说这事儿，
结果人家说，唉？还签？早签了啊，钱都拿走了。只等拆了。
签字的人，说是祁老太太的儿子。
我爸问他们，这儿子是怎么冒出来的，有什么证明没有。
拆迁办的说，当然有，有公证。

175.

这个美籍华人，到祁老太太死了以后才出现。

祁老太太死得很平静，小六儿在她身边儿。

他半夜里拍我家的门，把我爸叫出去。

第二天送去炼了。
没钱买坟地就先放在骨灰堂里，整面架子上挑个小格，把骨灰匣子塞进去。
我爸说，总算也给她养老送终了，了了这事儿。
以后有了钱，给老太太买块地，立个碑。

他们回到院儿里，美籍华人正跟那儿等着呢。
他来要钱的，管小六儿要钱。
他说：
“凭什么我妈一辈子的那点儿积蓄白给了你啊？”
“你什么人啊？”
“说好的？说好的有合同么？有协议么？”
“什么都没有我凭什么信你啊？”
“她怎么死的？人刚死你们就给火化了？干吗这么快？
这里头不会是有什么问题吧？”
“为她好？为她好不送她去医院？”
“你们谁是医生？你们谁是医生啊？？倒说啊？”

我爸生了大气，话也说不出来，眼看要动手了。
小六儿死拦着他。
我妈想跟那人理论，可应付不来他这一通抢白，脸发白站在旁边。

小六儿跟他说：“这不干别人的事儿，你跟我说就够了。”
想往屋里走，可那人站在门口，说：“这是我家的房子，你是外人。”

小六儿抬头看着他，看到那个人把眼睛移开。
他问："那你想怎么样？"
"欠债还钱，理所应当。"
"没钱呢？"小六儿看着他。
"没钱？想法儿弄去啊？有本事把我妈弄死，现在倒装蒜了？"

那人大闹一场，临走时候把祁老太太的屋子和小六儿家都锁了。
张律师站在院儿里，呆呆地说："都赖我……都赖我……"

小六儿进了小厨房。
我觉得这劲儿不对，跟着他进去看，
他果然拿着菜刀对着自己胳膊乱戳，浑身直抖。
我只能把他顶在门上，才能把刀从他手里拿下来，
我说："你为这种坏人糟践自己不值当！"
他看着我，很慢很轻地说："要是……要是我把她……弄死了呢？"
他攥着刀的手一点都没松，
"她不想活了，我……就……"
有一把蛮力涌到我身上，我夺下他手里的刀，却不再看他。

我妈一边给他包扎一边跟他说："觉得委屈就哭吧，别憋着。"
他看着我妈说："我不委屈。我是活该。"他笑了。
我妈跟我爸说："咱得帮他。"
我爸"嗯"了一声，蹲在墙根底下抽烟。

那天晚上，让他住在我家。

我白天受了惊吓累了，睡得特死，是小六儿听见我爷爷的声儿了先跳下床，
他把我叫醒，说，可能是嗓子眼儿里堵痰了。
我赶紧下床，看我爷爷已经憋得脸色发红，皱着眉头。
小六儿去扶他。
“别碰他你。”我把他扒拉到一边儿，转身去叫我爸妈。

后来一直忙活着弄我爷爷，
他们都没注意到小六儿跟墙角站着，不知道把自己放哪儿好。
第二天一早，他没了。

176.

我爸四处找小六儿，四处借钱。
张律师也跟他老婆吵了一架，从家里拿出两千块钱，
加上他自个儿的私房钱，凑了三千多给了我爸。
要买下新房的产权，还要留着钱给我爷爷养病，我爸能拿出来的也不多。
归了包堆，三借五借，也只有一万五。

他打电话给美籍华人，那意思是给他点儿钱让他不要瞎闹了。
电话里没说只有那点儿钱，我爸想的是把丫诓来，软硬兼施把他弄趴下。
可约好了日子，从早上八点等到晚上九点也没见人来。
再打电话过去，酒店服务员说他已经回美国了。

最后的最后，院子给推平了变成了一堆砖头末子。

枣树都扳倒了。

我妈一边看一边哭，自个儿也说不清楚哭什么呢，

心凉：看着什么都塌了，

难道这些个东西都没价值吗？就这样……没了……

小六儿没出现，再没去学校。

我爸跟学校撒了谎，说他是得了重病，先算病休一年成不？

学校说，这得有医院证明吧。

他跑去医院，求人家给开证明，遭了很多白眼，磨蹭到下班也没开出来。

我妈站在变成一堆渣土的院门口等小六儿回来，直到天全黑了。

她说，他没来得及上我们的新家看看，他都不知道我们家跟哪儿。

我爸说："走吧。"

我妈说："他以后就没家了。"

我爸像跟谁发火似的说："那你说怎么办？"

177.

搬家以后我爸调到分局去了，分到"扫黄打非"那组。

行动时，他隐约看见像小六儿的人闪到胡同里去了，可终究没追上。

他没跟我妈说，

却跟他那些多年的警察老哥们儿都描述了一遍小六儿的样貌，

但凡逮住了这么一人一定得立刻告诉他。

住了楼房，再没什么街坊邻居的概念了。
周围净是不认识的搬迁户，从各处来，都穷，
都觉得好像被拓宽的马路、拔起的高楼给欺负了，
心里含着团火，不知道跟谁发。

这一折腾，老爷子的情况更糟了，又中风了一次，
每天只是睡，睁眼就是叫，叫的是什么，也完全听不清，
斜眼瞪着房顶，一直。
我爸说，老爷子这是住不惯，他是要“回家”。
我妈她们厂半死不活地拖着，终于也给拆了，
原地盖了区政府直属的豪华大酒店，大部分员工都算内退。
她跟家里伺候我爷爷，整天没人说话，
给他喂饭擦身，听他叫，对着墙发火生闷气，用拖把敲天花跟楼上吵架。
即使搬了家，大体上也还是一切如故，
可莫名其妙有种特沉重的气氛，不知道压在哪儿了，压着我们所有人。

我，饭没少吃一口，竟然瘦下去了。
好像是从在哈哈镜里钻过，一出来，变了身。
看着自己，常觉得过去是过去，往后是新的。
可往后该怎么着，却完全不知道。
我想廖俊，想她是别人的。

178.

这么着过日子，直到我爷爷去世。
我爸坐在橘红色的医院凳子上发呆，
我妈在他旁边，握着他的手，谁也不说话。

我还是每天爬到双层床的上床去睡觉。
下铺，还是我爷爷用的蓝格子床单，
上面铺着吸汗的毛巾被，枕头搁在被子上头，整整齐齐。
我妈每个月换床单被罩，也要换上一套干净的。
勉强留住那点什么，不想变。
可某天夜里，我睡着睡着，摔下来，
两层床板都折了。

新的床，很大，席梦思床垫，软的。
床架下面是俩大抽屉，我妈把以前给我爷爷用的枕头被褥全收在里头。
原先双层床底下塞的那些旧鱼缸、象棋盒子不得不捣腾到阳台上堆着。
我胖的时候，跟上铺睡得很挤，翻身都难。
现在有了大床，躺在上面倒觉得空空的不踏实。
翻来覆去折腾自个儿，直到哭了，
瞪着房顶，眼前一片模糊。

爷爷死，我没流眼泪，站在我爸旁边，看着他往炉子里扔纸，
俩人热得浑身淌汗。
看着我爸的汗从头顶四处往下流，他一把把地抹着……

到后来我才发觉他肩膀直颤悠，他在哭。

我哭，
不是因为想爷爷了，而是一种害怕：
终于有些什么事儿发生了，再也挽回不了。
我头一次感到这么没辙的害怕。

179.

我妈跟廖俊她妈去商场，
出来之后，廖俊她妈去厕所，
她拎着东西站在门口垃圾箱旁边等着。

我妈看见小六儿立刻跑去追他，他往人多的地方跑，想躲开。
她喊，抓小偷，商场门口的警卫就冲出来替她追。
我妈跑着跑着摔在地上，小六儿绕回来看她怎么样了，被警卫抓住。
他挣扎，警卫掏警棍要揍他，
我妈赶紧大叫："别动他，他是我儿子！"撑着爬起来。
她牢牢抓着小六儿的胳膊，平生第一次打车回家。

我回了家，小六儿正穿着我的衣服躺在我床上，眯着眼。
他伸出一只胳膊说，你回来了。
我看见他笑了："你怎么没觉得我瘦了呢。"
"早知道了呗。"

“你怎么知道的？”

他暧昧地笑，好像他老见着我似的。

我坐在床边儿上看着他。

人更瘦，瘦得浑身皮肤都透亮儿了，好像要消失了一样。

我不由得摸摸他的手背，摸到几根血管。

他说：“你妈说我看着吓人。是么？”笑着。

有种懒懒的、不健康的漂亮。

他在厨房里拿菜刀戳自己的伤疤还在，看着不像疤了，

只有很浅的粉色道子，像被彩笔划了几下。

我下意识地去擦他的伤疤。

我说：“回来了，就别走了。”

他不置可否地眯着眼，还是笑，缓缓地在我身边儿蜷起来。

180.

我妈老琢磨，

如果不是跟我爸吵了架，小六儿那回就会留下不走了，

生活指不定发生什么变化。

可我跟我爸都说那不可能。

我爸本来也是好意，

他以为人遇着再大的难处，也总有法子可想，

绝没到非走小六儿挑的那条道儿不可的地步。

他想自己是一心帮人的，越说越急，
小六儿没跟他争辩，却也没说要改善。
我爸感到他的固执，渐渐自己那股倔劲儿也煞不住了，
骂他，说："你这是自轻自贱，跟你妈一样。"
小六儿直直地望着他，半张着嘴，又合上，最终看向别处。
我爸也觉着后半句说得不好，可是收不回来了，只好呆立着。

我当时正洗碗，只从厨房的小窗里看见小六儿的脸，
不知道他到底干了什么，
我爸这么气，那大概是说违法的事儿吧。
他吸毒了？难怪那么瘦。我往严重了揣测着。

我妈赶紧把我爸就近推到我那屋儿，关了门。

从厨房出来，房门还关着。
我看见小六儿伸着腿坐在阳台的地上，抽烟呢。
我走过去，
他正抱着那个旧鱼缸，
笑着说："你还记得么？以前，好多好多弹球。"
他摸着鱼缸的边儿。

我蹲在他身边儿，看着鱼缸，从他手里拿了那半支烟，抽。
他往边儿上蹭蹭，拍拍地，我也坐下。
阳台的水泥地真凉。
那是我第一次抽烟，烟很冲，让我一下儿眯了眼。

他低头看了会儿鱼缸，闭上眼，单手在空鱼缸里搅和，仿佛里面都是水。
他的手一上一下，把“弹球”捞出来又轻轻放进去，
最后手里留下“波斯眼儿”捏着，转动着。
他缓缓睁开眼，慢又轻地说：“那只猫，其实，是廖俊她弟弄死的吧。”
我没说话，摸摸鱼缸，鱼缸很凉。

他把头靠在我肩膀上，说：
“不胖，就不舒服了。”
坏笑着耍赖似的：“这可怎么办啊……”

2016-7-16

2004-9-23

2007-5

2007-8

初版后记

一晃，《胖子》写完已经有三年了。

1.

我再没有她结婚的时候那么伤心。

生活不是理想，不能幻想。

害羞又潜藏着欲望的一张脸。

自由仍然是猎人与猎物之间的一种距离。

也不过就是生不如死。

钱，我的梦里全是钱。

我的梦里只有你，可你的梦里全是别人。

你不能捂暖我的手脚啊。

长时间在床上，抵抗。

一旦偏离轨道，就只能一直向前跑，错过一个个出口。直到死。

你不知道自己要什么，别说自己没机会。

曾被bbs上的网友批评说时间太混乱。

以上这些话，是我自己划上的书签。

想不出更好的办法，只能如此了。

2.

“我”既是旁白又是主演，

第一人称的叙述方式抹煞了主角视角之外的情节，

明明可能激烈的段落却不得不由别人转述。

这是个缺点，需要从言语间拨开伪装。

如果故事有主题，大概就是“供求不匹配”。

于是，胖子，小六儿，廖俊，陈可，小丫头，石头

所有人都喜欢着最不可靠的对象，他们的优点对他们喜欢的人来说不值一提。

其实每个人的愿望都稍微实现了一点，

然后又发现，与他们本来期望的，还有差距，

愿望的实现，和幸福毫无关系。

另外，任何转变，都没能带来幸福，无论是搬家，长大，还是得到爱。

人人都是敏感的，什么都往心里去，

想得到什么的时候，不善迂回，没任何真正的花招，只是没保留赌上自己，

陷进去，用最直接的办法，费劲。

是以，太纯情了。

3.

刚开始写《胖子》，我们一家人正要从住了五十多年的胡同搬走。

从小羡慕别人离开平房去住楼房，

真到此时却贪心地惦记着院子里的大枣树、香椿、海棠花和野猫。

我所写的，胖子家住的院子是我同学家住的那个。

他上的小学就是我的学校。

因为真，“我”小时候的部分写得略好些。

本来还可以写很长很长。

即使让小六儿回来再出现，大家可能也不过就是笑着继续吧。

让人难受的，不是想要得不到，而是纷纷不再伸出手去要。

那些所谓的情节，写出来，对故事里的人们完全没有帮助。

惨无可惨，幸无可幸。

还是算了。

4.

感谢好友黄小木、本书编辑储卉娟、插画作者五宝，

以及给我提出建议的徐晨亮、刘天昭、施雨华，

在成书过程中，是他们的帮助与鼓励推我坚持。

谢谢我的朋友们，一直关心我，

我没有什么表示，只在心里很感激。

再版后记

胖子，胖子

独眼

1.
距离我写完《胖子》已经过了12年，距离它的上一版出版也有8年了。它不是一本畅销的小说，这可能对它来说是必然，是件好事。

2.
最近几年，我才发现《胖子》有很多地方会让人感到困惑。以前我以为那是因为小说依靠第一人称的叙述，胖子并没有按照事情发展的时间顺序叙述，他好像是想起什么说什么，而实际上他又并没有把所有的话都说出来，他秘而不宣的一些小心思将是读者理解的障碍。

我后来才察觉到，一个个人物想从爱与亲密关系中索取他人带来的安全感的私心，也许并非出于纯情。他们期待着有那么个人，永远不会离开自己、无论自己做了什么最终都会被原谅。他们之间的关系变得逐渐紧绷，可又无以为进。

即使好像我应该是最知道答案的人，也仍然为事情的发展和他们说的话、做的事感到惊讶——作为写小说的人，觉悟如此之晚……我也渐渐明白了当初我的一些朋友说这注定是一本“小众”的小说的意思。

3.

我最喜欢给故事里的人设置障碍，让他们自己想办法逃避或者应对，曾经我以为胖子总在试图躲开生活中最尖锐的矛盾或选择，在等别人给他安排好的答案，可当我现在再来想他的问题，又怀疑他是不是生活中最受宠的人，他是不是其实得到了他想要的东西，是不是看透了许多事只是他不愿意讲清楚，他敏感到观察每个人的表情、动作，思考那后面的意味，真的只是想让一切大致上看得过去、囫囵地过下去吗？

我突然产生了怀疑。他似乎在那些“被逼无奈”“为了她/他好”“权宜之计”之中，得到了他所要的东西——即使并非全部。

4.

作者懒且肤浅，小说就会使用大量庸俗、老套、狗血的桥段，也有不止一个人对我说你不需要让小六跑那么远，那部分写得过分了，而且没必要。

看电影的时候我常会想，事情怎么会停在这里了呢？下一步人们会做什么呢？

我不相信小六会从胖子的生活中彻底消失，我也不相信他“逃跑”的结果是找个地方安心地过普通、正常的日子。他早就否定这样的可能。

他骨子里的受虐与自我贬低的倾向堵住了许多可能的出路。何至于此，又必然于此。这种选择带来的伤害，他从未归罪于别人，可似乎又在等待胖子的发现。而胖子总会发现的，他没办法狠下心斩断他们之间的牵扯。旁人早就把这种牵绊、默不作声的缠斗看在眼里。我不信胖子本人真的不懂，明明相似的东西也存在于他与廖俊之间。

曾经有人和我说，小六比胖子幸福，因为他所想要的，并不需要胖子做什么——“他是自洽的。”也许胖子应该什么都不做，保持猎人与猎物之间自由的距离。当他们离得太近了，作为猎人的小六决定躲得更远。

5.

胡同在这本书里很重要。我最近的工作又和胡同有了关系，走在那些细窄的院子里总是会想起《胖子》。

去年在一个活动上，一个小姑娘问谈论旧城改造的专家：“从我小时候就说在改造，10年过去了，我今年16岁，好像没什么变化。”

可能一个最重要的东西是她没注意到的，相当多原有的胡同居民搬走了。这种变化中有生活基本条件得以改善的喜悦，也有离开熟识环境与人的忧郁。我在《胖子》中描写了胖子一家这种主观的恰似背井离乡的不适应。我相信这不是我一厢情愿的想象。

6.

我要感谢鼓励我的许多人，他们提醒我在绵绵无绝的工作之外我还应该写点儿什么。感谢闫柳君、李文青、王玲、林莉，她们的坚持促成了本书的再版。

7.

好的小说家不为自己的作品多说话，我似乎说了太多。12年发生了许多事，我再读《胖子》也只是一个重读的读者。

我不再是那个我，我对句子的看法也发生了变化。

这段话仍然是并不可信的第一人称叙述。

2016-07-12

文
景

社科新知　文艺新潮

Horizon

胖子

独眼 著

出 品 人：　姚映然
责任编辑：　林　莉
封扉设计：　董茹嘉
封面摄影：　张如飞

出　　品：　北京世纪文景文化传播有限责任公司
（北京朝阳区东土城路8号林达大厦A座4A 100013）
出版发行：　上海世纪出版股份有限公司
印　　刷：　北京中科印刷有限公司
制　　版：　董茹嘉

开 本：787×1092mm 1/32
印 张：8.75　　字 数：130,000
2017年1月第1版　　2017年1月第1次印刷
定 价：39.00元
ISBN：978-7-208-14080-6/I·1583

图书在版编目（CIP）数据

胖子/独眼著.--上海：上海人民出版社，2016
ISBN 978-7-208-14080-6

Ⅰ.①胖… Ⅱ.①独… Ⅲ.①长篇小说—中国—当代
Ⅳ.①I247.5

中国版本图书馆CIP数据核字（2016）第228559号